一个人办不到

ジャイロスコープ

[日] 伊坂幸太郎 ——著

小岩井 ———译

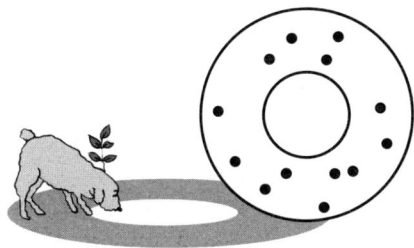

中国友谊出版公司

图书在版编目（CIP）数据

　　一个人办不到 /（日）伊坂幸太郎著；小岩井译
. —北京：中国友谊出版公司，2019. 9
　　ISBN 978-7-5057-4850-7

　　Ⅰ. ①一… Ⅱ. ①伊… ②小… Ⅲ. ①短篇小说—小
说集—日本—现代 Ⅳ. ① I313. 45

　　中国版本图书馆 CIP 数据核字（2019）第 222043 号

书名	一个人办不到
作者	［日］伊坂幸太郎
译者	小岩井
出版	中国友谊出版公司
发行	中国友谊出版公司
经销	新华书店
印刷	三河市冀华印务有限公司
规格	880×1230 毫米　32 开
	7. 5 印张　150 千字
版次	2019 年 11 月第 1 版
印次	2019 年 11 月第 1 次印刷
书号	ISBN 978-7-5057-4850-7
定价	45. 00 元
地址	北京市朝阳区西坝河南里 17 号楼
邮编	100028
电话	（010）64678009

如发现图书质量问题，可联系调换。质量投诉电话：010-82069336

目录

离家出走的滨田青年

＊＊＊ ── ＊＊＊

好好超市的停车场非常宽敞。

好好超市的创立者认为，因为竞争对手太平超市没有停车场，所以自家的停车场越宽敞就越有竞争优势。创立者当初信誓旦旦地说，超市的备货量可以放到其次，首先一定要确保停车场的面积足够大，比店铺本身面积要大好几倍。尽管如此，那位创立者的期待还是落空了，好好超市的停车场从来就没有停满的时候。

虽说当今社会基本上家家户户都有车，但虾蟇仓市的居民还不至于懒到去趟家附近的超市还要开车的程度，所以他们大多还是选择骑自行车或者徒步去超市购物。尽管太平超市没有停车场，但依然门庭若市。与此相比，备货不足的好好超市，停车场始终是空空荡荡的。

稻垣先生如此一番讲述之后，微笑着对我说："好好超市这边呢，对于停车场空空荡荡这件事似乎也不太在意，但是创立者对于自己缺乏先见之明导致贻笑大方这一点而感到非常难受，所以就来找我咨询了。"

稻垣先生有着精致的脸庞，眼睛炯炯有神，挂在眼前的刘海，让他看起来就像个二十多岁的艺术家。然而，当我将视线转移到头以下部位时，发现他的身体圆润发福，像是四十多岁的中年人，那体形简直就像把脂肪穿在身上一样。脖子以上是精致的素描，脖子以下就是潦草的漫画，上下身真是相当不协调。

我还没问他的年龄，不过如果在脸和体形之间取一个平均值，应该是三十多岁吧。他彬彬有礼、非常温和地对我述说着："于是，我就对好好超市的店长提出了建议。我说，就在这一角建个拼装房吧，然后租出去。反正场地费用也已经支付过了，顺便也能招揽顾客。再说了，停车场面积这么大，应该更容易吸引租客。"

"真的吗？"我说。

"滨田君，这是你的口头禅吧？"稻垣先生指出。

"哎，真的吗？"

"你瞧！"

"哎呀！"

我有些难为情地低下了头。

"因为那次超市的咨询，从此你就做起了咨询师，也是很厉害呀。"

"说的是啊。"稻垣先生眯了眯眼睛，显得他更年轻了一些。

"符合咨询这个行业的起源嘛。"

拼装房的前面立着一块广告牌，上面写着一句话："我有良策"，这句话的下面还有一句："竭诚协助"。此外，还有一些说明，比如安心的价格、舒心的建议之类的。

说到底，咨询师的市场本来就不明朗公开，要想比较价格，也没法比呀。

"到今天总算是一周时间了。怎么样，滨田君，拼装房的起居生活已经习惯了吗？"稻垣先生问我，"这地方太狭小了，实在抱歉。"

这个拼装房有两扇门，左侧的正门是来咨询的客人用的。屋子里摆放着小小的桌子和椅子，这就是稻垣先生接待客人的地方。这个屋子看起来就像看手相或占卜的小屋子一样，不过与之不同的是，光线比较明亮，给人的印象比较温暖。

右侧的门基本上是锁着的，里面有一间与接待室隔开的职员室，我现在就待在里面与稻垣先生说话。

职员室里有钢铁桌、电脑和书架，旁边的床上还铺着被子，我就在这个地方休息。没错，这里确实有些狭窄，但我感觉还是挺舒服的。

"真有不少来咨询的呀。"我就像看着自己的笔记本一般感叹道。这本笔记的内容是稻垣先生吩咐我在他接待完客人之后记录的相关事宜，类似账簿，里面写着会客的日期、客人的名字、他们的交谈内容等。

"这件事可要保密哦。"稻垣先生压低声音对我说，"其实这个城市的宣传语是我以前和市长交谈之后确定的。"

"城市的宣传语吗？"

"就是虾蟇仓市的宣传语——'来吧！虾蟇仓！'我提出的建议，市长直接就采用了。"

"那就是抄袭喽。"

稻垣先生皱起了眉："被人听见就不好了。"

"这句话好像是镰仓时代的某人想出来的台词吧，不过事到如今，这句话的所有权应该也早就过期了吧。"

* * *　二　* * *

我来到虾蟇仓市，是在九天前。我驾驶着还没开习惯的银色家庭轿车，飞驰在虾蟇骨盘山公路上。我四处寻觅着晚上的住处，也没发现相关的广告牌，就在加油站问了工作人员，之后到了一个很旧的商务宾馆。看到它破旧的外观，我不禁有些失望。然而看到"Vasco da 虾蟇"[发音与"Vasco da Gama（达·伽马）"相同] 这个店名之后，觉得有点意思，被它吸引了，而且长途旅行之后确实很疲惫，想赶紧休息一下，于是就决定在这里住了。

店里的人说要先付钱，我不由得问了一句："真的吗？"

"真的哟。"

我从钱包中拿出信用卡，但看到这家宾馆好像不能用信用卡，而且我觉得我的信用卡可能已经被停了，所以就放弃用信用卡了。

父母担心离家出走的儿子，为了控制儿子的行动范围，立刻停掉信用卡这种方式，我在电影里见过。来虾蟇仓市前，在加油站的时候，我的信用卡还能用，之后很有可能就被停了。

"要是能用就太好了！"我不假思索地说出了心里话，本来板着脸的宾馆前台瞥了我一眼。

"不会是来路不明的信用卡吧？"我估计他肯定要这么怀疑我了，不由得有些慌张。

"不是的，我是觉得这张卡可能已经被我妈妈停了。"我这么一解释，反而显得更加可疑。

"啊，你要住好几晚吗？"归还我的信用卡后，那个男人问道。

"住几晚？可我还没决定好。"说到底我自己也不清楚会在这座城市待多久，"总之，先住两晚吧！"

那么接下来我该怎么开始自己的工作呢？我琢磨着这个问题。因为长途旅行的疲惫，第一天我几乎都是在宾馆中待着，不是睡觉，就是拿出手机收集一些信息，看看地图，如此反复。这个宾馆里没有餐厅，肚子饿的时候，我就会去附近的好好超市，买些家常菜和面包之类的食物充饥。我这个人本来就对食物没什么强烈的需求，只要能填饱肚子，吃什么都无所谓。

第二天白天，我就是在经过好好超市那宽敞的停车场时，被稻垣先生搭话了。

我感觉后背被人用手指轻轻戳了一下，然后听到他说："最近我常常看到你路过这一片，是刚搬过来的人吗？"

我转身一看，一个矮胖的男人映入眼帘。我缓缓地将视线上移，看到了一张与身材极不协调的棱角分明的脸，不禁大吃一惊。

我的意识还没有清醒，就情不自禁地"喊"了一声。

他从精致小巧的鼻子中呼出了气息，鼻孔也随之扩大。

"我的身材和头很不协调吧？经常让人感到吃惊。"

我有些尴尬地回复："不是，嗯……"

"是刚搬过来的吗？"他重复了一遍自己的问题。

"不，只是经过此地的外地人。"

他告诉我他叫稻垣，我也很干脆地告诉他："我叫滨田。"

"如果你还想继续待在这座城市的话，就来当我的助手怎么样？"稻垣先生很突兀地对我说。

我有些怯生生地四处张望了一会儿，说："助手吗？"真是想都没想到的台词。

稻垣先生说："你瞧那边，不是有一些拼装房吗？我的咨询室就在那边。"

确实，稻垣先生手指的方向有一些拼装房，而且房子前面还立着一块手工制作的广告牌。

"对于我们来说，一直以来阻碍我们的是什么呢？"稻垣先生问我。

"是什么？"

"烦恼和疑问呀！仅此而已！带着烦恼生活，怎么也找不到答案。每天都感到疲惫不堪，就是这种东西呀！"

不知为何，稻垣先生在讲这些话的时候，还用手揉起了自己肚子上的赘肉。

"我呢，就是为了解决大家的烦恼和疑问，在咨询的过程中提出建议、给予帮助。虽然真正的答案我也未必清楚，但是我能提出合理的建议。有好主意，有智慧，帮人献计献策，就是这样。"

"真的吗？"我也不是对此表示怀疑，只是不由自主地问了一句。

"你知道吗，在虾蟇仓市，发生了许多不可能犯罪。"

"啥是'不可能犯罪'？"

"你果然是个外地人啊。"稻垣先生笑嘻嘻地说，"我指的就是一般来说不可能发生的犯罪，比如某人在紧锁的房间中被杀害了，某人在紧锁的厕所中死了，紧锁的储藏室中的人偶被破坏了……主要是说那些在不可能的情况下发生的犯罪。"

"照你这么说，都跟锁有关，我感觉就是开锁师傅干的。"

"哎呀，我就是举个例子嘛！"稻垣说着又开始抓自己肚子上的赘肉，"这座城市不可能犯罪真的很多。"

"也跟市民的气质息息相关吧。"

"我觉得，这是大家在无意识之中创造出了这样的氛围。"稻垣先生说话的声音突然大了起来。

"无意识中？"我突然想起以前我还在公司上班的时候，有位比我年长一岁的前辈，每次工作上出现失误的时候，总会推托说这是无意识和压力造成的，净说一些这样的胡话。

"因为一些过于反常、充满谜团的事件发生过，所以市民自己的那些烦恼呀、不顺心呀，相比之下就没什么了不起了。于是人们就会这么想，干脆把那些莫名其妙的烦恼隐藏在更加莫名其妙的不可能犯罪中吧。我觉得，估计有不少人是这么动心思的。"

虽然我不认为这是什么理论上的意见，但也不置可否。

随后，稻垣先生又说："说起来，这个城市的警察局专门设立了不可能犯罪科，也是听从了我的建议哦。"他的脸上有些得意扬扬的神色。

"话说回来，稻垣先生，做咨询工作的这两年，一直都是你一个人吗？"

"之前曾有一个助手。"

"是被你辞退了吗？"

"是的，那个人说不上是个好助手。我一个人做事的话还是有许多困难，所以现在正在寻找助手啊。"

他这么跟我对话的时候，我已经在拼装房里面了。我跟随稻垣先生的脚步往前走，不知不觉间就走到这里来了。从停车场到拼装房之间这段路，看起来有点奇怪。感觉就好像随着水流平稳的大河往下漂，不知不觉就到达了河下流的河滩上。

"这里就是接受咨询的地方。"稻垣先生一边搬着圆桌一边对我说。

"做你的助手一般要做些什么事呀？"

"在我接待客人的时候，我的助手要在里面的小房间待着，利用摄像头监视我这边的情况。"

"用摄像头监视？"

稻垣先生指着自己背后墙上挂钟的时针和分针接合的部分，说："这东西里面就有摄像头。"

我眯着眼睛观察了一下，还是没发现。

"是为了监视来访的客人万一有粗暴行为吗？"

"粗暴的客人毕竟是很少的，总之，主要还是为了记录我们的谈话内容。"

"要是客人来咨询一些带有私人性质的事情，你这么偷偷录像，会被厌恶的吧？"我说。

不过，他好像完全不介意，只是说："对于个人情报的处置与保存我会非常谨慎的，所以没事。"

"真的吗？"

他绝对是在说谎。我望着这并不结实的拼装房，感觉不管是谁都很容易侵入。别说什么谨慎保护个人情报了，这里简直就像外面一样没有安全感。

稻垣先生抱着胳膊思考起来。他的胳膊非常短小，看起来反而很可爱。

"怎么样啊，要不要试试看？"

"那个……做你的助手对我来说有什么好处吗？"我当然知道有好处，只是想进一步确认一下。

"当然有啦，滨田君。"稻垣先生露出了愉快的笑容。

"首先，做我的助手，你可以睡在里面那个房间里。也就是说，这样就确保你有了起居的地方。"

"原来如此，其他的呢？"

"托好好超市店长的福，超市每天没卖完的家常菜，你可以免费拿走。这样一来，连吃饭的费用也省下了。"

"原来如此，还有其他的吗？"

"你可以在这里看到各种各样的咨询。"

"就是学习做咨询师喽？"

"可以偷看别人咨询时发生的种种事情，也是一种很好的娱乐啊。"稻垣若无其事地说。

"怎么样？"

"嗯……"

"而且，如果你能学习到我的技巧，以后到别的地方也可以开一家咨询事务所。咨询行业又不需要本金，没有比这更一本万利的工作了吧？"

"但是，做咨询师是一定要给出答案的吗？"

"只要你见识了我的做法和思维之后，很有可能会掌握其中的诀窍。其实做咨询师最好的地方在于，没必要非得给出正确的答案。这一行跟侦探或者便利店不同，是比较不用负责任的。前段时间，有个开和式点心店铺的老板前来跟我商谈请一尊大黑天财神的事情。我估摸着大黑天财神放在店里会被人偷走，但这种事也没法预测呀。说到底，我也只是建议而已。于是，我就说要不请一尊福神像吧。你看，类似这样的事情，非常简单吧。"

稻垣先生一边摆动着身体，一边微笑。

"真的吗？"我说。

＊＊＊ 三 ＊＊＊

咨询的生意，比我预计中还要好。

按照事前说好的，我就待在拼装房里面的小房间里观察监视器上的画面。看着这些画面，我不禁感慨客人真多啊。男女老少，咨询的事情从无聊琐事到违法行为，真是五花八门。

做助手的第一天，来了一个号称自己是"妻管严"的中年男人。

"实际上，最近我偷偷潜入了妻子的房间，不小心在榻榻米上滑倒了，一不留神，脚趾竟然把壁橱的隔扇给戳了一个洞！"他强调说，这件事如果让妻子知道了，家里就会不太平，妻子会让他吃不了兜着走的。

听起来是件蛮好玩的事，虽然我是这么认为的，不过稻垣先生一脸认真地听着男人讲述，不时点头，说着"是这样吗""是这样啊"之类的话。接着，他又详细询问了男人的家庭成员、壁橱的位置、洞的大小等问题。

最后，稻垣先生说了句"行"之后，在自己手边的纸上轻轻地写下了什么，感觉就好像医生给患者开药方似的。

"你这件事，就推给你家才出生十个月的婴儿吧！"

"啊？"

"你能做到吗？"

"嗯，我可以对家里那位这么做。"这个男人对自己的婴儿说话时都用敬语。

"你家的婴儿啊，突然爬到了你老婆的房间里。房间地上有什么东西吗？比如遥控器、刷子之类的，被婴儿捡到了，随便乱扔，结果扔到了隔扇上，砸出了一个洞。你就这么说好了。"

"可是……"

"可以的话，你还可以对你老婆说，这种东西落到孩子手里就危险了，所以不能乱放，顺便教训一下你老婆。"

那个中年男人一脸震惊，脸上写着"不可能"三个字，教训老婆这种事怎么可能做得到？

"不过，老婆的房间在二楼，我们的孩子还爬不上楼梯呀。"

"那就换个说法。"稻垣先生面不改色，"你老婆不在家的时候，孩子感到寂寞哭了起来。你呢，为了让孩子多少感受一点母亲的气息，就把他带到了老婆的房间。这么一说，你老婆就不会责难你了吧？只是，你还要对她说：'粗心大意把孩子带到妈妈的房间，是我的错。'就这样揽责任并道歉。这样一来，一方面，你没有回避责任；另一方面，你把自己的过错和你老婆的过错相互抵消啦，她也不会说什么。"

我在监视器上看到那个男人点着头表示赞同："就按你说的办！"说完鞠躬道谢，然后从钱包里拿出了好几张纸钞递给了稻垣先生。不过，我看不出来咨询费到底是多少钱。

"刚才那位客人，为什么进老婆的房间要说'偷偷潜入'？"随后我就此问题咨询了稻垣先生。

"鬼知道。"稻垣先生一脸不感兴趣的样子。

那位"妻管严"走之后，又来了两位客人，接着又来了一位女客人，脸色看起来不太好。

她进入拼装房后就一直低着头，眼睛看着下方，坐到椅子上后就一直颤抖。女人的个子小小的，秀发又黑又长，下巴小巧，不停地眨着眼睛。

我一边盯着监视器，一边把这些特征输入电脑里。这也是稻垣先生吩咐助手要做的工作，好像要制作数据表格。

那个女人在桌子上放了一张剪报，上面写的是"无法认同来源不明的材料"。这是全国报纸上基本都登过的事情。那是在半个月之前发生的事情，我也在新闻上看到过。说是一位报社记者追踪调查一个贪官，在调查的过程中，得到了一份重要的资料。审判的时候，记者在谈到资料的来源时，却说为了保护匿名举报者而不便公开。但是法院的法官认为"如果材料是国家公务员提供的话，那位公务员就违反了国家的保密协议，所以一定要公开资料提供者的身份"。

这种判决对不对、合不合理，我并不清楚。据说换一个地方判决的话，可能会有不同的结果。真是有些微妙啊！

"也就是说，您是在害怕这个，想要在内部告发他，却又不敢，为此而感到烦恼？"稻垣先生真是善解人意，说话简明扼要。

虽然我在隐藏的监视器里只能看到稻垣先生的后背，不过能感受到他那庞大的身躯带给人的安全感。

"我也是公务员……"

我暗想，这女人会不会想太多了。当然，可能是事不关己，所以我才会这么想。她有需要顾虑的地方，所以才会来这个要花钱的地方咨询。

"啊，是这么回事啊。确实，这是挺让人为难的。"稻垣先生说得情真意切。

稻垣先生曾说过，无论如何都要让客人感觉到自己的烦恼比任何人的都多，是真的很严重的问题。现在，我看到他是怎样实践的了。

"虽然沉默是很容易做到的，但是一想到税金被人这么乱用，良心使然，你就想公开，是吧？"

这么乱用到底是怎么乱用？我对这个点倒是有些好奇，不过她也没说明。

"如果真的要公开的话，那些证明资料存放在什么地方？"

"在电脑里。"她说着收了收下巴。

"你自己的电脑吗？"

"不，实际上本来是在我上司的电脑里，不过被我发现了。"

她也没说明自己为什么会去偷看上司的电脑，总之是发现了这种不正当行为的证明资料，感到非常震惊，然后复制到了自己的电脑中。从那以后，她就在使命感和明哲保身之间纠结着，为此感到非常烦恼。

"原来是这么一回事啊。"稻垣先生回应道，抱着手臂思考。不一会儿工夫，他就从桌子上拿起记事本，说："那么，你就这么办吧。"

这么办是怎么办？我把头凑近监视器，可什么也看不到，因为被稻垣先生的身体挡住了。

"在刚才记事的旁边，就是这个地方，写上关于电脑病毒的事情。你就说电脑在传送文件的时候感染病毒，结果让单位和警察的重要资料都泄露出去了。这样办怎么样？"

"啊？"女人回应道。

啊？我也是这么想的。

"就把责任都推给这种病毒吧！不管是你上司的电脑，还是你的电脑，都无所谓了，只要安装这个软件，就可以感染病毒，然后就让病毒把资料都传出去吧！"

"传到哪里去？"

"全世界啊！"稻垣先生愉快地回答后，又得意扬扬地说，"from 虾蟇仓。"

"一不小心，落到某个记者的手里，他肯定会拿这些资料做新闻的。"

"呃。"

"怎么样？"

"这样一来，就不违反保密协议了吧？"

"多少还是有一点的，不过至少记者会找借口说，资料是因为病毒而流出的，就算不上是谁提供的了。"

女客户一脸似懂非懂的样子，表情也有些蒙，不过跟最初进门时比起来，脸上的血色好多了，头也稍微抬高了一些。她拿起桌上的红茶，慢慢喝了一口，然后吐了一口气。

"真的太谢谢你了。不过，对于怎么在电脑里放入病毒这件事，我不太了解。"

"啊，没关系，我帮你。"稻垣先生声音明朗地回答。他用手指着拼装房墙壁上的那张纸，那张纸上写着和外面的广告牌上一样的内容——"竭诚协助"。

* * *　四　* * *

"在这里住，吃饭和上厕所都在好好超市解决，洗澡可以使用隔壁漫画咖啡馆的淋浴间。除此之外，请你不要外出。还有，请把手机交给我保管。"

当我决定做助手的工作，从商务宾馆"Vasco da 虾蟇"把行李搬进这个拼装房后，稻垣先生对我提出了一些附加条件。

"哎？即使你这么说……"我有些不知所措。既然已经答应做他的助手了，就难以拒绝他的要求，我只好接受了这些条件。

"当你得出了结论，在快要促成这件事的时候，再加一些细微的附加条件，基本上都会让人不得不接受。"稻垣先生随后这么告诉我。

国家之间的会谈也好，公司之间的漫长会议也罢，这一招都是一个非常好的谈判技巧。总之，在双方快要达成一致的时候，你提出简单的追加事项，参加的人通常因为疲劳而绝对不会重新展开一次讨论，也没有勇气破坏好不容易达成的协议。

他笑着说："这种时候，对方基本上就只能接受条件了。"

"为什么不能外出？"我一问，稻垣先生就低垂着眉头，一脸歉意。

"虽说这件事还没确定，不过下周我有一个客人要来。"

"来咨询的吗？"

"是的。只是，我不想让那个人看到我的脸。"

"是熟人吗？"

"说来话长，不知该怎么解释。"稻垣先生的话有些含混不清，"总之，我希望那个时候，滨田君你可以代替我一下。"

突然让我上场，我当然有些紧张。

"这一周时间，请你好好观察我的工作，下周对方来的时候，就请你代替我来接待他。不过话说在前头，如果你代替我这件事暴露的话，会惹来一些麻烦，请你尽可能用咨询师本人的感觉来做。"

"不是你的助手吗？"

稻垣先生闭上了眼睛，点了点头："因为这个，所以你不要外出。要是被谁看到了，知道这个拼装房里住了两个人，那我们就暴露了，就不太好安排了。"

我立刻觉得，其实这也没什么大问题啊，就算我们两个都被人看到了，也可以说我们都是咨询师啊。

"只需要这一周的时间，可以帮我一下吗？"

"好吧，就一周的话，可以。不过，手机又为什么不能用呢？"

稻垣先生用手拨开挡住眼睛的刘海，一脸苦涩，说："这是因为之前那个助手的关系。"

"被你辞退的那个助手吗？"

"他跟滨田君你一样，在里面的房间用监视器监视外面的事情。趁我在接待客户的时候看不到里面的情况，他就用手机和别人一直聊天，工作态度非常散漫。更过分的是，他说话的声音太大，连待在隔壁的我都听见了，来咨询的客户听到他的说话声就会皱眉头。我警告了他几次，让他在工作中不要打电话，他都答应得很爽快，结果还是做不到。这对我来说，真是一段糟糕的记忆，所以实在不好意思，我想在这段时间收走你的手机。"

我当然觉得这有些过分了，把手机关了不就完事了吗？对有些人来说，拿走他的手机简直就像夺走他的朋友一样令人痛苦、烦闷、难受不已。

大概稻垣先生也意识到了这样做有些过分，就说："也不是非要这样。可以的话，你只要在最初这一周配合一下就行。"

"哦，是到你说的那个客人来之前吗？"

"并不是说我信不过你，只是我不想这次失败。"

我也没怎么抵抗就接受了稻垣先生的条件。反正，对我来说手机也不是必需的东西。倒是稻垣先生这种一丝不苟的工作作风，让我深深感受到了他的职业素质。

"工作时不能出差错，要顺利地完成，这是基本的职业素质。偶尔也有那种敷衍了事的职场人，不过那种人与其说是在工作，不如说是在玩罢了。"说着这些话，稻垣先生的脸上露出了一丝轻蔑的神色。

***　五　***

第二天发生了一件危险的事情。

这是一位看起来非常普通的中年女性，应该是四十多岁，长着一张圆脸，看起来人很不错，眉毛很细，散发着成熟的气息，身材是跟稻垣先生不相上下的重量级的，就像加了小苏打之后膨胀起来的面团一样。

这个女人平静地说："我真的很讨厌住在我家对面的那个夫人，想要杀了她。"

不带一点感情，好像不经思考一般，她就这么淡淡地说了出来。

"真的吗？"我在监视器前不禁问出了口。

"这样啊。"稻垣先生毫不吃惊，一如既往地回应，"那么，你想怎么做呢？"

"不被人怀疑地杀死她，有没有这样的方法？就是让那个人死掉，而我安然无恙的方法。"

"我明白了。"

这种事干吗不去委托职业杀手呢？我在这边陷入了沉思。那边的人好像看透了我的想法，稻垣先生说："虽然找职业杀手更方便，不过那种职业也只是在小说中存在罢了。"

"就是啊。难道没有更加现实一点的办法吗？"

"比如说——"稻垣先生说完，打开了手边的报纸，"你看，这是之前落在我车子里的报纸。"随后他打开报纸，让女人看其中的一篇报道，"隔壁县的山里有一只鳄鱼在运送途中逃脱，这个新闻你知道吗？"

"啊，我在电视上看到过。"

"你就想个办法把那个你想杀死的夫人带到这个山里，让她遇到鳄鱼，你觉得怎么样？鳄鱼下颚的力量可是相当大的。"

女人面带困惑，露出亲切的笑容说："有没有更现实一点的方法？"她带着恳求的语气，"完全犯罪的方法。"

"完全犯罪吗？"稻垣先生解释，"那可没那么容易啊。要是在完全陌生的土地上解决掉跟自己没有关系的人，在做好妥善准备和完全觉悟的情况下去杀害的话还好说；要是在附近杀掉熟人，那可相当困难了。顺便问一下，在旁人看来，你跟那位夫人的关系好吗？毕竟，如果杀人动机明显的话，就算是旁人也能看出来的。"

"不会的。"她摇了摇头，"我们之间表面上还是比较亲密的邻里，我心中隐藏的那种对她难以忍受的痛恨，谁都没有发觉。"

为什么人世间会有那么多无端的杀意呢？我常常这么想。

稻垣先生问了两个问题：第一，她有没有驾驶证；第二，她是否能忍受一定程度的刑罚。这两个问题其实接近提议了。

"一定程度的刑罚？"

"完全无罪还是有点困难。就算没有刑罚，因为一直担心自己的罪行暴露而胆战心惊地生活，也不好过吧。相比之下，承认自己的罪，接受最低限度的刑罚，不也是一种办法吗？"

"是让我去自首吗？"

"不是的。首先，你要取得驾驶证。"稻垣先生说话的口吻让我感到震惊。坐在稻垣先生对面的女人也睁圆了眼睛，本来是伸手去拿桌上的热水，现在也停下了动作。

"取得驾驶证之后买一辆车，开起来吧。希望你开车的技术差一点。"

"然后呢？"

"然后你用车子把那个人碾死就好了。"

"啊？"

"初学者不小心引起的交通事故，这样不挺好的吗？交通事故的罪，只是驾驶机动车过失致死而已。交通上的过失罪，八成以上都会延缓起诉的。因为有各种各样的情况，所以跟一般的伤害罪和杀人罪比起来，处理方式截然不同。而且，即使被起诉受到刑罚，机动车过失致死中，最重的刑罚也不过坐七年牢。九成以上都是判三年以下有期徒刑，而且有相当大的可能性是延缓执行。而伤害罪的最高刑罚是十五年有期徒刑，相比之下就差很多。你既不是杀人犯，也不是故意伤害，只是一个初学开车的人，意外撞死了和自己关系不错的邻居。"

"啊，原来是这样啊。"

"如果是恶性的交通事故，也可能被认为是危险驾驶致死，这种情况最多会判有期徒刑二十年。千万注意不要酒后驾驶，还要注意信号灯的变化，要制造一种只是因为驾驶失误所造成的事故。"

"我对运动很不擅长啊。开车是要今年之内学会吗？"

她关心的重点是这个吗？我不禁听呆了。

"不用担心，事先我会教你一些简单的驾驶方法。你可以深夜来这个停车场练习呀。"稻垣先生说完，按照惯例，微笑着用手指向墙壁上贴着的纸——"竭诚协助"。

"你看我这个体形都能开车，所以你就放宽心吧。"他温柔地鼓励道。

"好的。"女人的眼睛里露出了一些光芒，也许是我的错觉。

"我会尽力早点拿到驾照的，我会努力的！"女人狠狠地点了一下头，从钱包中取出纸钞，递给了稻垣先生，兴高采烈地回去了。

"真的吗？"随后我问了稻垣先生，"交通事故的量刑真的这么宽容吗？"

"宽不宽容我不好说，可能对受害者来说也确实不能理解。如果受害者买了保险的话，加害者的罪还会更轻；如果加害者好好反省的话，还会再减刑。说起来确实有点怪，不过就算你态度不好、不反省，刑罚也不重。"

"为什么法律会这么不讲道理呢？"

"大概……"稻垣先生敲了敲自己的肚子说，"也许当初制定法律的时候，认为喝了酒还开车的白痴没有那么多吧。再说了，在交通事故中，就算是了不起的人物，说不定也有可能会成为加害者，所以要是量刑太重的话，不太合适吧。"

"是这么回事吗？"

"我自己呢，认为如果刑罚不加重的话，事故就不会减少的。单纯是事故的话，还是有值得同情的地方，如果是酒后驾驶的话，那就不算是事故了。"

"可是，你这样教唆杀人真的好吗？"

"做生意而已。"稻垣先生倒是回答得干脆，一点愧疚或不好意思的感觉都看不出来。

"你差不多要睡觉了吧？"稻垣先生说着，准备关房间内的灯。

我说："虽然才第二天，不过我多少了解了一些情况。"

"什么情况？"稻垣先生按下了电源开关，屋内一片漆黑。他手里握着门把手，准备关上门，前往停车场。

"稻垣先生的许多建议，都是把责任推给其他事物，是这样吧？"我笑了笑，"比如推给婴儿啦，推给电脑病毒啦，还有不熟练的驾驶技术等。"

稻垣先生说："了不起呀，滨田君，你说得没错！"他的语气不像是在说客套话，让我听了很高兴。毕竟被人夸奖这种事对我来说也是久违的了。

*** 六 ***

当我在拼装屋内睡觉的时候，稻垣先生睡在停车场的车内。他的车体通红，有驾驶座和副驾座，后面有个长车厢，是个小型货车。通红的货车给人一种飒爽、帅气的感觉。到了晚上，没有客人来咨询之后，稻垣先生就会对我说："再见，晚安。"然后爬到车厢里休息。因为稻垣先生体重的关系，他一上去，车厢就嘎吱嘎吱地摇晃。

按理说，应该是我睡到外面，不过稻垣先生倒是很坚持。他的理由是："你要是睡在外面的话，可能会让别人看到你。"还说什么夜深人静，抬头眺望夜空，然后再睡觉，也是很有情调的。"现在还算暖和，要是冬天的话我就不睡在外面了。"他这样说。

我做助手的第五天早上，当我从被窝里醒来的时候，发现稻垣先生已经来了，拿着茶壶正在倒水。

我连忙起身，穿好鞋子。稻垣先生问我要去哪儿，我说厕所，结果他说："那我陪你一起去吧。"说着也跟了过来。

我们两个就并排走了出来，前往好好超市一侧的厕所。

"说起来，滨田君，你是从哪里过来的？"稻垣先生指着停车场中我开过来的那辆银色轿车问道。

直到现在才问啊！如今才想起这个问题吗？"从南边，准确地说，是西南方向。这个县以外的地方。"

超市还没开门，不过入口的公共厕所可以自由出入，我们俩就站在小便器前解手。

光站着不说话，气氛有点尴尬，我就开口找话题："那个弓投悬崖是个怎样的地方啊？我来的时候在广告牌上看到了，不过还没去过。"

"那个地方很让人心旷神怡啊。站在悬崖上可以眺望无边无际的大海，往下看的话，无数海浪卷起飞沫，真是风景优美。"

"下次我从拼装房出来的时候，就去欣赏一下。"我解决完后，拉好裤链，离开了小便器。

"只是你开车过去的时候一定要小心点。那个地方是事故多发地，因为很靠近隧道和弯道。"

我在洗手台洗手，没过一会儿，稻垣先生也出来了。于是，我们俩又站在了镜子前。

"说起来，一个月前发生了一件有趣的事。"

"我喜欢有趣的事。"我没带手帕，于是开始甩手除掉水滴。

"那时候，我骑着自行车来到弓投悬崖，认真欣赏了美景之后，回去的路上发现隧道的隐蔽处有一个男人。"稻垣先生说着拿出了手帕，"我看他好像尽力想要隐藏自己的样子，觉得有些蹊跷，就躲起来暗中观察，后来发现这个人好像眼睛看不见东西。"

"瞎的？"

"嗯，恐怕两只眼睛都是。我就想起来我之前听说过这个地方在几个月前发生过交通事故，有个人因此失明了。"

"那个人为什么会在隧道里躲着呢？"

"我感觉他想要杀人。"

"啊？"我以为自己听错了，不仅中年妇女想杀人，连盲人也想杀人，这座城市到底是怎么回事？

"真的吗？"

"那个地方还有一个男人，应该比较年轻。那个眼睛看不见的男人正悄悄地接近年轻的男人，手里拿着石头还是砖头什么的，打算袭击的样子。"

"眼睛看不见还袭击？"

"是的。"

净听你在胡扯。我心里想。

我们两个人从厕所出来后，回到了拼装房内，继续着刚才的话题。

"那么，稻垣先生是不是做了什么？"

"就算想帮忙，我这个身手也不够敏捷，帮不上大忙。

因此，为了帮那个眼睛看不见的男人，我就发出声音提醒他目标的位置：再靠右一点，稍微往前一点……"

"你怎么又做这种事了？"

"因为那个人眼睛看不见啊，他一个人很难做事呀。"

"重点不是这个！为什么要这样去帮人呢？再说他又没向你求助。"

稻垣先生露出怅然若失的表情，突然停下了脚步，他身上的脂肪也因此而颤抖了起来。

"真的很困扰啊，一不小心就会给人提建议，这已经是我的职业病了吧。"

* * *　七　* * *

住在拼装房之中，不知不觉就过了一周时间。此刻，我眼前的稻垣先生已经喝干了咖啡杯中的最后一滴咖啡，他说："终于，到了那位客人要来的时候了。"

"真的吗？"

我的眼睛本来是盯着稻垣先生放在桌子上的晚报的一篇报道的，听他一说才移开了视线。

"已经过了一周了。"稻垣先生拨弄着刘海，笑着回应我。他那双锐利的眼睛，看着粗胖手腕上的手表，点头道，

"差不多该来了。"

"是这座城市里的人吗？"

"他来了你不就知道了。"

"是来咨询什么的？"

我低头审视了一下自己的装扮：白色的 T 恤衫，已经褪色的直筒牛仔裤。像我穿得这么随便，应该没人会想找我咨询问题吧。我不禁陷入了沉思。

"这么说很难为情。说实话，这一周以来，我感觉自己并不是学得很好。"

"没事的。"

这……这话可以说毫无责任心，也可以说是对我巨大的信任。可是他对我的信任到底是从何而来？我不禁愣住了。

于是，我就坐在了稻垣先生通常坐着的位置。我有一瞬间非常在意背后的摄像头，不过想想客人在那上面也看不到我的脸，就安心了。

稻垣先生走出了房间，关了门之后屋内一片静谧。我还在想他会不会马上就去隔壁那个监视的房间，不过等了一会儿也没听到隔壁房间的动静。我坐在门口的对面，两只手放在膝盖上，进行深呼吸，随后缓慢吐气。之后会怎样呢？我的手放在桌子上，一边做手指游戏，一边思考着。

我的脑海中回忆着之前观察过的稻垣先生的工作情况，

小声地自言自语着，练习接待客人应该说的台词，时间不知不觉过去了。墙上的挂钟发出了声响，显示已经是下午三点了。

几乎与此同时，门把手动了。

"欢迎光……"我立刻招呼道，随即想到好像说早了，人都还没看到，于是就没说下去。

"嘿咻。"门口传来一阵声音，随即有个看起来很懒散的人走了进来，竟然是稻垣先生！

屋中的地板吱吱嘎嘎作响。

"稻垣先生？"我当然觉得奇怪，问他，"这是什么情况？"

然而稻垣先生却做出一种初次见面似的样子，还对我客气地行礼，好像面对陌生人一般，坐到了我对面的椅子上。

"稻垣先生，到底是怎么回事？"

"我有事要询问你。"稻垣先生伸出右手，撩开遮住眼睛的刘海。

我已经搞不清楚这到底是在开玩笑还是认真的，不知道如何是好。就连墙上时钟的秒针转动的声响也在干扰着我的思绪。

"我听说滨田君的父母都是有钱人？"稻垣先生用他那有着双眼皮的大眼睛盯着我问。

"问这个干吗？"我小声地回应。

"毕竟有钱人家养育出来的青年，在精神上也是富有的，不是吗？从你身上可以想象得出来。话说你家在哪儿来着？"

"在东京。"我回答。我家确实在东京。

"滨田君是离家出走了吗？"

"是啊。"我承认了。

"恐怕你是被谁怂恿，然后就一个人开车出来旅行了，是吧？开着车闲逛，然后就成了来到虾蟇仓市的滨田青年。"

"原来如此。"我把手放在桌子上，在脑海中开始整理思绪，然后对他说，"稻垣先生，我有些事想请教你。"

"不过今天的规定是我问你答吧。"稻垣先生露出一口牙笑着，看起来不像是拒绝的样子。看他的表情，似乎在说"你问吧，我会回答你的，那我的问题你也要回答哦"。

"你说什么今天有个客人要来，让我代替你接待，这是骗我的吧？"

如果不是这样，我现在也不会和稻垣先生在这里聊起来。

"没错。"稻垣先生承认了，"就是一个谎话。我想要的，是把你留在这里一周，所以编了一个谎话。"

"把我留在这里？"

"留在一个无法与人联络的场所，换个说法，就是想把你困在这里。"

"这话什么意思？"我对这意料之外的话感到震惊。

"事实上啊……"稻垣先生看起来有些不好意思，挠着鬓角，多少可以窥出他对自己职业的尊重和气概，"在一个月之前，有一个客人来找我咨询。"

"咨询？"

"是的，那位客人问我，诱拐人质之后，有没有什么办法可以安全地监禁？"

我的大脑中开始不停地整理信息，反复想着，这是真的吗？我以为我已经习惯了这种不同寻常的突发事件，不过现在的情况还是有些出乎我的预料，感觉被枪戳了一下。

另外，我倒是对自己现在的处境完全可以理解了。

"那位客人的烦恼，是想从有钱的人家弄出一些钱来，所以打算诱拐那家的儿子。但是诱拐了之后，不知道该怎么处置人质。再说人质本身也是血气方刚的年轻人，要是强行关押起来，不仅显得粗暴，而且也不人道。"

"所以，那位客人是一个诱拐犯喽？"

"于是我就这么建议：最好的情况是那个人质本身根本就不知道自己其实是人质，在这种情况下，在一定期限内限制他的行动。比如让他去打工，或者做什么新药品的实验，或者是在通信不便的荒凉地区做体力活，或者去海外旅行……总之，关键点是在那段时间内让他把注意力放在某件事情上。"

"难道说……"我已经开始意识到目前的状况，同时也恢复了冷静。

"没错。"稻垣先生开始摸起了自己肚子上的赘肉，"本来嘛，我说到底也只是给人出主意的人，没想到那位客人拜托我想办法实现这个主意。既然话都说出口了，帮一下就帮一下吧。"

说着，稻垣又望向墙上贴着的"竭诚协助"。

"让我把人质困在一个地方一周时间，办法随便我想，但是不能伤害、不能恐吓，最好是让人质自己意识不到自己是人质。他，或者可能是他们，就在那一周之内联络人质的家人索取赎金。我，接受了这个委托。我说，只要你们能想办法把人质骗到这座城市来，我就做。"

"真的吗？"

"滨田君，那个客人告诉我，你来虾蟇仓市，应该会主动来这个拼装房找我的。实际上，我事先已经拜托了这个小城的所有酒店的前台，只要是一个叫'滨田'的人来住宿，就通知我。这样一来，我就能做好准备。"

"我在酒店写了自己的名字，还用了信用卡。"

"是的。只是奇怪的是，你一直没来拼装房找我，我就觉得事情有点不对劲。"

"我完全不知道。确实有人让我来这座城市，但是到拼装房找你这件事……"

"是这样吗？"稻垣先生的语气有些意外，"所以我就在你经过这里的时候主动去搭话了。"

"于是就让一无所知的我在这里待了一周？"

"我是这么考虑的。拜托你代替我这件事，可以让你专心致志地盯着监视器，而且剥夺了你跟外界联络的权利，不是吗？"

原来稻垣先生晚上眺望着夜空睡在小货车里，就是为了防止睡在拼装房中的我擅自外出，可能他的目的就是监视我吧。

"然后，就这样过去了一周时间。"

"没错。"稻垣先生收了收下巴，脖子附近的肥肉一下子就膨胀了起来，"本来按照计划，过了这一周之后，我会在这里对你说，做我助手的工作到此结束，然后放了你，你实际上作为人质的时间也结束了。到时候，你要去别的地方也好，留在这座城市也罢，都随你，而且那个时候你的赎金应该也已经交付完成了。"

"不过，事情发生了变化，是吧？"

稻垣先生的表情因充满了遗憾而有些扭曲，这让我也莫名感到遗憾。我被一种歉意所侵袭。

"昨天晚上，我正要睡着的时候，货厢上的一张报纸被风吹飞，掉到了地上。嗯，就是那张晚报。"他指了指我刚才在看的那张报纸，"报纸上写着，在隔壁县的溪谷中发现了一具尸体，尸体的身份已经查明了。"

我擦了擦鼻子，缩了缩肩膀。

"真是没想到，竟然会这么早就被发现了。"

"也就是说，真正的滨田君在来这座城市之前就已经被杀害了。"

"是的。"

"那么你……你到底是什么人？！"

稻垣突然质问我。

虽然说出来也不是什么大不了的事情，不过我还是来说明一下自己的工作吧。

按理说，一般人都会认为我的工作好像只会出现在虚构的小说里。没错，我的主业是受雇杀人。

"这么说来，"稻垣先生似乎不需要问我，已经搞清楚了事情的来龙去脉，"你杀害滨田君，也是受人雇用的？"

"必须的呀。"我的语气加重，稍微强调了这一点，"我从来不会为了自己去杀人。"

这倒不是我在展现自己的职业素养，只是不想被人误以为我是因为喜欢杀人才做这一行的。

"无论做什么事，只要是工作，就愉快不起来。"

拼装房内，没有一件多余的摆设，但是实际空间却很狭窄。然而此时此刻，我却感觉自己好像处在非常广阔的空间之中。打个比方，就好像身处好好超市那个非常宽敞的停车场中，我感觉这个房间变得无限宽广，和稻垣先生面面相觑，茫然无措。我有种感觉，后背与墙壁的距离似乎有好几米。

半个月前，我接受了这份工作。委托我的是一个中年男子，想让我杀害一个叫"滨田"的青年。

那人吩咐我："之后他就会离家出走，一路向北行驶，你在半路上想个办法杀死他。"

于是我就尾随在滨田青年的后边，在将要进入山路的时候，故意装作车子有故障的样子，要求坐他的车。幸好他让我上了他的车，我表示很感谢，然后杀害了他。他葬身于一个河水潺潺、树木郁郁的美丽溪谷。在此之前，我和滨田青年在车上聊了一路闲话。对了，我总喜欢在最后几天和要杀死的目标待在一块，聊天闲谈，这算是我的兴趣使然吧。

滨田青年对自己的家庭，尤其是自己的父母非常不满，说的都是抱怨的话，感叹自己的人生非常空虚。他重复了好几遍人生真的很空虚。虽然我不知道他之前的生活到底是怎样的，不过我知道他的死法倒是真的挺空虚的，嗯。

"于是我开了他的车，用他的卡继续生活，一路到了这里。这也是我一直以来的从业习惯，一方面可以制造滨田青年还活着的假象，另一方面我也不用花自己的钱，真是一举两得。"

"如果尸体没被人发现，还真是好方法。"

"我还以为别人肯定找不到尸体呢。我特地将尸体安放在一个人迹罕至的地方，按我的经验，至少一个月之内都不会被人发现的。"

"要是没有那只鳄鱼的话……"我接着说道。

稻垣露出了一副同情的表情，似乎在说：确实如此。

几天前，当我从稻垣先生的口中得知隔壁县有一只鳄鱼逃走的新闻时，就感觉不妙，不过万万没想到鳄鱼逃脱的那个地方，和我丢弃滨田青年尸体的地方在同一座山里。直到刚才我读了那份晚报，上面写着"在搜索鳄鱼的过程中，发现了被害人的尸体"。

"真是预料之外的事。"我说。

稻垣随后说："虽然这只是我的直觉……"

"什么直觉？"

"委托你杀人的那位，应该也是来向我咨询诱拐人质的客人。"

我没有立刻回答。

"实际上，当我看到那篇发现尸体的新闻后，就试着去联系了那位咨询的客人，不过已经联系不上了。按照约定，他今天应该会打电话来跟我确定是否要放滨田君出去，不过并没有打过来。"

"也有这种可能。"

"我不知道是什么原因，看来是放弃了诱拐，单纯转变成了谋杀。"稻垣先生说。

"我赞同。"

"接下来的话，也是我的直觉。"稻垣先生继续说。

"嗯。"

"那个委托你的人，是否也委托了你来杀我？"稻垣先生的语气，就好像在闲聊一样，泰然自若，波澜不惊，所以我也就淡淡地承认："嗯，没错。"

那个人委托我的工作，就是杀害滨田青年以及虾蟇仓市的稻垣先生。所以我在溪谷杀害滨田青年之后，就一路来到这里。本来我还在思考怎么才能接触目标呢，结果稻垣先生倒是主动过来找我搭话了，吓了我一跳。当时我看到他的脸时不禁发出了"啊"的一声，是因为他跟委托人给我的照片上的人一模一样。

"委托人的情况和心情我不了解，不过确实是委托我杀你了。"

"因为我知道他找我咨询诱拐的事情呀，可能他害怕我泄密吧。"稻垣先生依然淡淡地说，"也不是不能明白他想要封口的心情。"

"哦，是吗？"我似是而非地附和道。

"所以，你准备怎么做？"稻垣先生把自己的肚子当大鼓似的敲打了起来，好滑稽，还发出了轻快的响声。

"提到怎么做嘛……"

"你认为怎么处理我比较好？"

我抱着手腕，面向稻垣先生，歪着头思考了一会儿，不小心露出了心声。

"怎么处理好呢？我有些犹豫了。"

"不用犹豫。"

稻垣先生这话到底是不是真心实意的，我真是猜不透他。

"如果我是你的话……"稻垣先生扬了扬眉毛，"就赶紧把我杀了，然后开走我的小货车，一口气离开这里。"

"真的吗？"要说我没那么考虑过，那是说谎。

稻垣先生做了个鬼脸，露出孩子气的表情，"为了客人考虑的话，我无所谓的。你看那个。"

稻垣先生指向了墙上。

"竭诚协助。"

我不禁苦笑。

"把我杀了之后，可以把我的头切下来，那么处理也不错。"

"啊？"

"这个奇怪犯罪事件多发的城市，越是奇怪的犯罪反而越不引人注目。所以，你干脆做成无解的状态试试。"

我盯着他的脸看了半天。他依然泰然自若。

"啊？"我不禁叹了口气。杀人这种事对我来说，没什么好犹豫的，就算对方是稻垣先生也一样，毕竟这是我的工作。既然接受了委托，就要顺利办完，这也是理所当然的。和他共处了一周，就对他产生了感情，这是不可能的。

我就纳闷了，我在犹豫什么呢？

"不如索性……一起去别的城市吧？"

"一起？"

"需要咨询的人，无论在哪儿，肯定都存在的吧，而且我也会有一些事想找你咨询的。"

稻垣先生坐在那儿，用一种哀悯的眼神望着我，说："接受委托的工作，不好好完成可不行哦。"

"之前就听稻垣先生说过，看不起那种敷衍了事的专业人士。这样工作不够专业，只是作为兴趣而已。"

稻垣先生摇了摇头，说："那样子的人我是不会尊重的。我再说一次，我能够建议你的只有一句话：接受了委托的工作，就一定要坚持做完，把我杀了，然后开着我那辆红色小货车去别的城市吧。"

"这样啊……"我回应道。

"没错。"他的态度毅然决然，随后又说，"要说有什么遗愿的话……"他笑了笑，"我死后，希望你把我的尸体扔到弓投悬崖，让我随大海远去，可以吗？"

*** 八 ***

我开着赤红的小货车，驶出虾蟇骨盘山公路，加快了速度前进。我踩下油门后，发动机发出气势汹汹的吼声，车子飞速前进。

车子进入了隧道。

隧道中有些昏暗，充满前途未卜的不安稳感。

车前灯发出朦胧的笔直往前延伸的光，照亮了我前进的路。

隧道的那一边，就是弓投悬崖了。

出口处的风景，离我越来越近。不久之后，我终于驶出了隧道。我有种自己好像是从产道出来的新生婴儿般的感觉。车内的响声也变了，轮胎与地面的摩擦声也变了。

由于坡度缓和，车子在一瞬间浮了起来，视线也提高了。在离悬崖很遥远的地方，天空之下，有一片色素沉淀般的蓝色地带。

是大海。

靠近弓投悬崖比较好吧？

你是在咨询吗？

红色的小货车再次回到了地面上，车体开始剧烈摇摆，随着轮胎再一次碰触到地面后，车子开始加速，一路飞驰。

飞 驰 逃 亡 路

轮胎高速打着转，似要将荒野上的红土削起。

　　广阔而荒芜的大地上，一辆货车高速行驶着，伴随着车轮摩擦地面，一路尘土飞扬，如热气升腾。

　　从高空向下俯瞰的话，可以看到这辆货车如同蛇行般蜿蜒前进着，从东方一路向西北方向疾驶，好像要在崎岖不平的地面上画出一条对角线。车子一边前进一边剧烈摇晃，为了防止因晃荡而松开手，货车司机牢牢地握着方向盘。

　　车的外形很像是福斯厢型车，看起来很可爱，不过里面的空间挺大的，车身也较长，很接近巴士。车子的驾驶座在右前方，左侧是自动折叠门，驾驶座后方有一个通道，左右两边的窗户旁分别设有两个单人座，车尾部还有个横排的长座。

　　蓬田回望刚刚路过的风景，一路都是荒郊野外。这无趣干燥的大地让他忍不住问道："再过几个月，城市是不是完全不见了？"其实蓬田心里早就有了答案。

数月之内，城市就会烟消云散。

"这是哪儿？"蓬田问前面的司机。厢型车剧烈摇晃，他赶紧抓住扶手，以免被弹出车外。他小心翼翼的，好像抓的是云霄飞车的安全杆。

司机默不作声。

"司机师傅，为什么要让我上车？"

"只是载上你而已，没有什么为什么。还有，这又不是公交车，别叫我司机师傅。"司机面无表情地回应。

"可开车的人是你啊。"蓬田探出上半身往左侧窥探司机，见到司机胸口紧挨着非常大的方向盘，一头长发黑不溜秋，仔细看的话发现头发已经很脏了。这是那种仙人、约翰·列侬以及自称艺术家的怪人才会留的发型。

司机的靴子很大，一直踩着油门。蓬田想知道这车到底时速多少，不过他的角度看不见驾驶座的时速表。他望向挡风玻璃。玻璃的另一头是什么呢？

是未来吗？不是。

是道路吗？不是。

只有一望无际、无限延伸的荒地。

当然也可以说是广阔的马路，不过太牵强，一路上都是枯燥单调的红褐色地面，不知道是沙还是土，还不断出现气泡似的洞穴，草木皆无。远处的岩石山壁越来越清晰，似乎是在监视这辆厢型货车。

"沿着五反田、品川、银座的方向往前走，听说都变成荒野了，根本就是无视实际的地理现状。"坐在蓬田另一侧的少年眼睛紧盯着手里的便捷式游戏机，头也不抬地说道。

"喂，你这小子。"司机愤怒地说道，"你是相信自己亲眼看到的，还是相信那看不见的情报所说的？"

"别跟我说话，我这正是关键时刻呢。"

"什么事比逃命更重要？"

"眼前的游戏画面和逃避见都没见过的东西，哪个更重要？话说怎么聊起这个话题来了？"少年立刻反驳道。

蓬田一边听着两人的对话，一边举起双手，伸了个懒腰，活动身体关节，好让血液流向指尖。他将手心面向太阳，看着自己的血管，发现并不鲜红。

车子不停地晃动着，乘客们都坐不稳。

所有的乘客都是在被毁坏的街道上走着的时候被司机师傅载上车的，互相都不认识。车子的左前方是个乳臭未干的少年，一心玩着游戏机，少年后座是个 OL 女子[1]。最后一排的座椅上，左侧坐着一个留着平头的男子，正在读一本诗集，隔一段时间就会喃喃自语，低声说着"要有更多的光"，

---

[1] 指职业女性。

飞驰逃亡路

好像是在要求司机打开车内的读书灯，不过显然车里没这个装置。此人的旁边坐着一个西装革履的男人，西装男旁边坐着一个一头白发的男人。

白发男时不时像是想起什么似的，说出一些莫名其妙的话。每次他一喊，旁边的西装男就会劝慰似的说："行了行了，不挺好的吗？"西装男看起来是个老实忠厚的上班族，可能早已习惯与人交涉、处理问题、维护关系等。车右侧的窗边坐着一个提着购物袋的妇人，妇人的前座上就是蓬田。

蓬田回头一看，最后面的座位上的白发男忽然往前俯身，嘴巴边都是口水。他脸色赤红，染过的白发非常凌乱，鼻头干燥，皮肤皲裂。他喊道："你个白痴司机，知道我是谁吗？"随后，他开始诉说自己的经历，高傲地说着自己的公司名和职位。

"行了行了。"西装男劝他，"不挺好的吗？"

"要有更多的光……"平头男嘀咕着。

蓬田弯着腰站了起来，靠近驾驶座。他倒不是想讨好司机，只是问司机："后面在叽里呱啦地嘀咕，要怎么办？"

司机瞄了后视镜一眼，似乎想说点什么，不过还是咽回去了。他的右手离开方向盘，一把抓过窗边立着的枪，换到左手上，一下递给了蓬田。

"这是什么？"

"纳粹德国时期使用的黑内尔 STG，也就是突击步枪。"

"我不是问这个。"

"你凭直觉开枪就好。"

不知道为什么，蓬田有一种不得不接住枪的压迫感。他从枪身侧面观察这把枪，像个有些坏掉的"π"的形状。他用左手接过枪，不知道自己握的是枪脚架还是握把，反正是距离枪口比较远的部位。他的右手握住了枪后侧，食指放在了扳机的位置。蓬田下意识地眯起了右眼，左眼顺着枪管的方向往前看，开始瞄准。

"给我开枪射那个烦人的家伙。"司机淡定地说。

"啊？"

"他打扰我开车了，会影响我们逃命。"司机话刚说完，白发男彻底站了起来，高举双手，一脸狰狞，像是要攻击人类的怪物，朝蓬田大声吼道："拿着枪要干吗？喂！到底要把我们带去什么地方？"

"请回到座位上！"

"别跟我扯淡了！知道吗，这个世界已经完了！"

枪声响起。

蓬田的手臂因为强大的后坐力而颤抖，他感到耳朵非常疼。前方飞沫喷溅，传来一种很有黏性的声音。

他"啊"的一声，抬起头，确认了子弹的去处。

其他乘客没有发出惨叫，就连中弹的白发男也不例外，一声不吭。细看之下，白发男高举的拳头如同愤怒的铁锤，他的胸口以及腹部一片血红，鲜血溅射在左右两侧的窗户上，也有一些溅到了两旁的乘客身上。

"注意一下血。"OL 女子看了看自己的外套，有些没好气地说，"你知道这衣服什么牌子的吗？沾到血就糟蹋了。"

白发男倒回原位，接着头部前倾，脸朝窗户。假如没有流血，他看来就像老实的酒醉乘客。

"枪法不错嘛，一发命中。"司机看着后视镜里的蓬田，淡淡地说，眉头也不皱一下。

有个人被枪打死并不会让车变轻，然而厢型货车的速度一下变快了。应该是碾到了路上的土块，车身往右侧弹跳了一下，变得摇晃不止。蓬田拿着突击步枪，有些手足无措，缓缓坐下。

"话多必死，活该。"坐在左侧的游戏少年小声嘀咕道。

"要有更多的光。"

"行了，行了，不挺好的吗？"

厢型货车继续行驶，又开了三十分钟。毫无意外，无论行驶多久，眼前都是一望无际的荒野。

中枪男子身上散发出来的血腥味在车内弥漫开来，再加上车身摇晃不已，令蓬田感到胃里在翻江倒海，很不舒服，一阵反酸导致嘴巴里都是酸涩的液体，好想吐。他反复做着深呼吸，努力忍着。看着窗外，他不停地告诉自己要冷静，要保持镇定，可是脑袋却更加昏沉了。

"好无聊啊。"后面座位中不知谁喊了一句，蓬田吓了一跳。这一吓，让他更想吐了，可是他很害怕司机又让他开枪射杀吵闹的人。

"说起来，我遭受过外星人的攻击哦。"妇人忽然说话。

大半的人都将信将疑，左耳进右耳出，全当没听见，可西装男却客套地附和了一句："真的吗？"

这一附和，妇人打开了话匣子。

"你瞧，我这里有一道细小的伤疤。"妇人举起右手腕，卷起袖子说，"这是四年前莫名其妙就出现的，以现在的医疗技术根本不可能缝合得这么完美。这就是趁我半夜睡着的时候，外星人偷偷干的。"

"这是要干什么呢？"西装男又问，真是够捧场的。妇人的语速都加快了，立刻回答说："是植入哟。"

"外星人把我绑架到宇宙飞船里对我进行解剖，进行各种研究，然后将某种设备植入我的手腕，收集信息。"

"外星人图什么？"少年的语气明显带有嘲讽，"为什么要研究一个大妈？"

"收集人类的数据作为参考依据，然后意图统治地球呀！"妇人不像是在猜测或者幻想，仿佛在宣布什么事实一样郑重其事。

"绝对没那种事，胡扯！"少年冷笑。

“要有更多的外星人。”

“行了，行了，不挺好的吗？”

“你什么意思，是说我在说谎吗？如果不是的话，为什么我老公四年前开始就再也不跟我上床了？你能解释吗？外星人研究过我后，连我的老公也变得怪怪的。你不觉得很诡异吗？根本没法解释嘛。”

“估计是你老说这些神神道道的东西，你老公感到害怕了吧。”蓬田心想。他感觉到身后叫唤的妇人唾液都飞到他的衣领上了，这让他很不自在。

“要有更多的上床。”

“不过，从战略角度说是有道理的。”司机的声音清晰响亮。他怎么也参与这个话题了？蓬田感到非常惊讶，他看到司机挠挠长发，继续说：“调查敌人，研究他们的弱点，一鼓作气，全面入侵。作为战略来讲，是合情合理的。”

“就是说嘛。”妇人感到很满意。

没一会儿，司机又说：“有句话你们知不知道？”

“你别讲话了，专心开车好不好？”蓬田小声嘀咕道，不过司机并没听到。

“突然瞎扯啥！”少年不满地噘起嘴，眼睛仍然紧盯着游戏画面，手指灵活地操作着。

“请你好好开车。”后面的西装男认真地劝说。

"没事没事，司机师傅也需要转换心情。"蓬田迎合道。

"看到一只蟑螂，就会有十只蟑螂，这句话你们听过没？"司机坦然地说起来。

尽管不是公交车，车内却装有麦克风，让司机的声音如同统治者般带着威严回响在车内。

厢型货车在荒野上行驶着，伴随着车身的剧烈晃动，窗外的风景也变得摇摇晃晃。白发男尸体的额头不断地撞在玻璃窗上，砰砰作响。

"什么东西呀？小知识？格言？谚语？"少年高声反问。

这一类没有参加过工作的高中生，从网络和电视上获取一些信息，就大言不惭地说："老师，现在社会经济这么差，努力读书有什么用？就算进了大公司，也是前途未卜，反正未来那么不确定，还不如做些自己喜欢的事情，尽情享受人生。如今不管什么谷歌、百度随便搜一下基本都能知道。"少年的语气就是这种感觉。

"你小子能够搜到的东西，大人也可以用谷歌搜到啊。"即便立场一致，大人也懒得对他这么说。

"看到一只，就会有十只，你们不觉得这话很怪吗？"司机继续说明，"如果这话是事实，那么看到两只，就会有二十只吗？还是说第二只也是十只里面的一只？这话说得未免太含混不清。"

"嗯，有道理。"蓬田附和道。

　　"不过，确实有看见一只就有十只存在的生物，而且严格遵照这个原则。"

　　"遵照原则？"

　　"那种生物，只要你看到一只，就必然有十只存在；出现两只的话，就一定会有二十只，绝对符合这个原则。就是这样的生物。"

　　"不太明白。如果出现两只的话，难道不会是十只里面的两只吗？"

　　"不会，看到一只，那么总共就有十只；看到两只，总共有二十只。"

　　"那是什么生物？"蓬田望向驾驶座。

　　"就是蝉虫啊。"司机说。

　　请想象有一个正方形的房间，只有地面、房顶和四面墙，如同围起来的箱子。严格意义上说，不应该说是正方形，而是立方体，四面墙上都是镜子，镜子与镜子之间不断反射光线，光线交相辉映，反复叠加。

　　你问我房间有多大？这个回头再说。总之在这样的房间之中，横向和纵向都分别有三只生物，三乘以三，也就是说一共有九只生物栖居于此，塞满了整个房间。没错，塞满，几乎没有任何间隙。

　　这种动物就叫蝉虫。蝉虫挤在房间里，以三只乘以三只的排列，保持直立不动。

直立不动是在做什么？

只是活着。

全都朝着同一个方向吗？

不是。

这九只蝉虫并非都朝着一个方向。打个比方，如果俯瞰房间，当作一个平面的话，那么左下方的蝉虫是朝上的，它上面的那只也是朝上的，再上面的那只，即房间左上方的蝉虫是朝向右边的，再右边那只，也就是从上空俯瞰正中央最上面的那只是朝下的，下方的那只依然朝下，最下方的那只朝右，右边那只朝上，上面那只朝上，最上面那只也是朝上的。如果将它们的视线方向连起来的话，描绘出来就是一个"N"字形。

当然，蝉虫都是活着的状态，要都是死的，也就没什么好说的了。它们挤在一块，身子无法动弹，不过它们的手可以活动，也可以踏脚。

蝉虫不是昆虫，算是节肢动物的一种，从名字来推测的话，可能会被误认为是蝉的同类。其实它们完全不同，就像蚁蛉不是蚂蚁，新宿现在也不是住宿地。

接着，说说蝉虫的外形吧。

它们的样子就像是一个细长的球体上长着脚。毕竟不是无机物，当然也不是完全的球体，严格来说，更接近于上下颠倒的水滴形状。你再想象在水滴形状上面长出脚来，左右各有四只脚，一共八只脚，类似独角仙之类的甲虫，考虑到身体的平衡性，脚都比较短。蝉虫通体银色，不过比起银色来，更接近金属色。

它们那有光泽的金属色身体，如同银色的车身，触感也很相似，用指头敲打的话会发出"咚咚咚"的声音。以前，英国有个摇滚乐队唱过一首歌，名叫 *My Metallic Semingo*（《我的金属蝉虫》）。是有这首歌吧？那首歌虽然没有流行起来，不过他们唱的确实是蝉虫。对了，之前有位英国女作家写过一篇孤岛上接连不断有人死亡的推理小说，里面有一首童谣暗示生存者的命运，正是《十只蝉虫》。童谣中有一句是："第一只蝉虫在冰箱里面，被掉落的饼干盒砸死，于是剩下了九只。"这就不对了，实际上应该是失误，蝉虫的总数是不会变的。

是的，你没听错，总数不会改变。就算死掉一只，十只还是十只。

关于这点，之后细说。

蝉虫的脸上有一双大大的眼睛。话说作为一个球体，脸部在什么位置？抱歉，我无法回答，这实在是太专业了。

最通俗易懂的比喻，就是在《赛文·奥特曼》中出现过的梅特龙星人。梅特龙星人因隔着茶台和赛文·奥特曼交谈的场景闻名，长得酷似蝉虫。

蝉虫身长约三米，是不是比你想象的要大？

确实，因为老拿昆虫做比较，所以你会下意识地认为它们跟昆虫差不多大。它们的体重固然有个体差异，但基本上都在一百千克左右。相较于身高，它们的体重算是很轻了，这可能是因为它们身体中有空洞。

这样一说，你还觉得它们是节肢动物吗？

只是"像"节肢动物而已。

蝉虫基本上不鸣叫，不会哭，也不会出声。你把耳朵贴近蝉虫的嘴巴，可以听到一种类似鞋底摩擦地板的"咻咻"声，声音很微弱，稍微不注意就根本听不到。

通过以上叙述，你差不多对蝉虫的巢穴和外形有所了解了吧？

然后就是关键的部分了。

有关蝉虫的生态。

首先请牢记这一点，蝉虫是以十只为一组的。

除了三只乘以三只的巢穴里那九只蝉虫之外，另外还有一只。这只蝉虫会在我们可以看到的居住空间徘徊，它负责采集食物。好像它们最喜欢的食物是树汁，不过肚子饿的时候靠吸食灰尘或微菌果腹。它在外面排泄，有时候会在墙壁间爬行，惊吓到人类。那支摇滚乐队估计就是偶然看到蝉虫后，写成了歌，甚至那句话也会当作谚语来使用。

所以我们每次看到蝉虫都会说："只要看到了一只蝉虫，

就会有十只。"

看到一只蝉虫，就意味着除了这只以外，还有三只乘以三只，一共九只在巢穴中，总共十只。

话说回来，当在外觅食的蝉虫回到巢穴时，是个什么样的场景？在此也不得不提一下。

首先，在外觅食的蝉虫会通过入口进入巢穴。从上往下俯瞰的话，它是从巢穴左下方进入，然后往上爬的。因为巢穴本来就塞得满满当当，它这一挤，就把同伴挤出去了。

被挤出自己位置的蝉虫就会去挤自己前面的另一只蝉虫，随后，蝉虫会依次往前移动。

也就是说，它们会朝着自己视线的方向移动。从空中俯瞰，仿佛是画了一个"N"字形。到最后，巢穴最右上方的蝉虫就会被挤到外面去觅食。

"万一在外面的那一只死了，会怎么样？"

也会有这种疑问吧？

常会有这种困惑，不过这个问题不算太糟。

如果有人砍下了外面那只蝉虫的头，会想当然地认为只剩下九只了，然而这种判断是错误的。

只要外面的那只蝉虫死了，巢穴中马上就会生出一只新的蝉虫。三只乘以三只中的其中两只会偷偷交配，一眨眼工夫就生出了新的蝉虫。然后就有一只被挤出巢穴去觅食，依然遵循看到一只就会有十只的规律。

要是在外面看到两只蝉虫，就意味着有两个巢穴的蝉虫存在，也就是说有二十只。

"请问，蝉虫这种东西会飞吗？"坐在后面的妇人问，放在膝盖上的购物袋发出窸窸窣窣的摩擦声，"它们是外星人吗？"

"不会飞，但会跑。"司机回答，"它们也不是外星人，是节肢动物。"

"不会飞却会跑，这一点和蜘蛛很像。从身长三米来算的话，跑一百米大概只要六秒。当然，它们要是加速奔跑，最高时速可达到八十千米吧。"

"时速八十千米……"不知为何，OL女子发出陶醉般的叹息。

厢型货车碾过一块大石头，车身向右倾斜，发出"咚"的一声，开始摇晃。车子的左轮完全离开地面，令人不禁担心可能会翻车。还好车子很快恢复到正常状态，两侧的车轮重新回到地面上。这一连串震动从蓬田的尾椎传到背脊，不知不觉间，他已经没有了晕车的感觉。以前听说过晕车是由于压力荷尔蒙的分泌造成的，睡眠不足、空腹、排便不畅、丧失方向感，体内就会分泌压力荷尔蒙，让人感觉不舒服。可能是刚才沉浸在蝉虫的话题中，使得压力荷尔蒙停止了分泌，所以他才不晕车了。

"蝉虫是什么时候出现的？怎么出现的？为什么会出现呀？"妇人问。

"蝉虫本来就存在，一直以来。就像我们用肉眼看不到跳蚤和虱子，虽然看不到，但它们就是存在，一直都在。"

"那为什么现在才突然跑出来？"声音有些神经质，果然是 OL 女子问的。

"现在才？这话什么意思？"少年的语气带着不相信，"现在才出来，难道情况有什么不同吗？"

"你在说什么呢？大街小巷变成现在这样，都是蝉虫干的好事啊！"OL 女子回应。

蓬田很惊讶，为了不让人察觉到自己的惊讶，他屏住呼吸悄悄看向窗外。窗外依然是无垠的荒凉大地，红褐色的地面一望无际。

这些都是蝉虫造成的？

真的假的？比起这些，蓬田更想知道蝉虫到底是什么东西。它们真的存在吗？那为什么他至今为止完全不知道？难道是因为没用谷歌搜索？

"在此之前，蝉虫对人类很友好。它们绝对算是益虫。不过，最近不知为何突然发生剧变，变得有了攻击力，开始攻击人类，破坏人类的文明。"

"变化。"

"变节。"

"转向。"

乘客们七嘴八舌地讨论起来。

"是战略。"司机断定。

过了一会儿，有人站了起来。蓬田正在想那人要干吗，那人便走到蓬田身旁，一下伸出右手说："其实……"原来是那个西装男。不知为何，他的衣领挂着高级西装的吊牌，看起来就是个四十来岁的忠厚老实的普通上班族。

"有一件事我觉得很蹊跷。"

"怎么了？"蓬田在一旁询问。

"要有更多的蹊跷。"平头男喃喃自语。

"其实，我收到过一封十分罕见的电子邮件。"西装男瞄了蓬田一眼，随即将视线转向司机，"不知道对方是怎么知道我的邮箱地址的，大概是半年前，我收到了一封这样的邮件。"

这个上班族模样的男人开始口述邮件的内容。背邮件内容本身已经够奇怪了，这个男人还投入了感情，有声有色地背着，这让在座的女性乘客都感到恶心，露出了身体不适的动作。

●邮件标题：请帮我采集

我是某公立大学医学部二年级的学生，我的名字是佐藤遥香。突然给您发这封邮件，是因为我有一件事想拜托您。想必这封邮件会让您感到惊讶，也许会误解成一封随便群发的垃圾邮件。如果您要这么想，我也无可奈何。我苦思冥想之后，觉得如果成不了我也认了，这才终于下定决心写了这封邮件。

我在研究一个课题，名为"精囊分泌液中含有的丝氨酸蛋白接触空气后产生的变化"。虽然这个研究内容不算特别难，可是我过去的二十年里没有任何男性经验。对于精囊分泌液，也就是精液，缺乏实践认知，这是问题所在。因此，我希望采集到成年男性的精液，亲眼确定之后作为研究报告的参考资料。

如果没有打扰到您的话，是否可以允许我采集您的精液？

这么唐突的要求想必会让你感到奇怪，当然这绝非援助交际，也不是要发生性关系，我的目的并非如此。

采集场所我选在某酒店的客房，我可以提供交通费、酒店费以及作为谢礼的用餐费用。我也只能做到这个程度了，不知您是否有时间可以配合？

如果收到您的回信，我会与你详细确认之后的安排。

这么唐突的要求，也许会让您感到不愉快，那么请删除邮件也无妨。可是，您如果可以帮我，就太感谢您了。期待您的回信。

初次给您写邮件，写了这么多实在失礼。

最后，我衷心期待您的回复。

"这不就是垃圾邮件吗？"一直坐在座位上的少年用小孩子般天真无邪的语气说道。

"垃圾邮件？"西装男皱起眉头，仿佛要吃人。

"就是随机群发的垃圾邮件啊。这种事都不知道吗？"少年露出一副打心底难以置信的表情。

"我也收到过。"蓬田小心翼翼地说。

"我也收到过呢，"OL女子搭便车似的接话，"不过一收到就删了。这种邮件当然要扔到垃圾箱啊，这不是常识吗？"

"不，那是专门发给我的。"

"你这就没法聊了，大叔。"

"那是对我抱有期望才发的邮件，是特别的邮件！"

"不过，这种东西随便引用真的没关系吗？是实际存在的邮件吧？擅自用在小说里，写那封信的人不会生气吗？"坐在蓬田后面的妇人一边抚摸着购物袋，一边大声说。

"你说的小说是指什么？"西装男已经半怒了。

"你是说，会有人觉得这封垃圾邮件是我写的？才不会有那种人呢。"少年对此嗤之以鼻。

"小说、引用、垃圾邮件？那些都无所谓的，我要说的是，随后我就回信了。"

"你回信了？"

"没错，帮助有困难的人，不是很合情合理吗？"

"色老头。"OL女子和妇人异口同声。

"什么色老头，我只是想帮人而已。"

"然后呢？发生了什么？"司机用力转动方向盘。他突然转向左方，车身倾斜，伴随着一阵惨叫，乘客们都东倒西歪的，车子简直像引发游客惨叫的游乐园设施。

"我们约在都内商务饭店的大厅见面。"

"咦，你们真的见面了？"蓬田的声音都走调了，"明明是垃圾邮件。"

"所以，哪里是什么垃圾邮件啊。总之，我回信了，调整了我的日程，按照约定的时间去见了她。"

"您是佐佐原先生吗？"一名女子穿着黑色套装，坐在大厅的沙发上，看到他立刻起身靠近，自我介绍说她就是佐藤遥香。

说是商务酒店，实际上是非常气派的酒店，金碧辉煌，柜台也很长，大厅相当宽敞，坐在沙发上的客人都穿着很有品位的西装，谈笑风生地聊生意。

"你就是某公立大学医学部二年级的学生？"

"嗯，某公立大学。"佐藤遥香露齿一笑，双眼皮的眼睛灵动地眨着，披肩的黑发显得她很认真。

"您今天能来协助我，真的非常感谢。"

"彼此彼此，我写毕业论文的时候也很辛苦。"他都没意识到自己说的话驴唇不对马嘴，莫名其妙。不知为何，他感到自己跟佐藤遥香的距离近得有些诡异。

"那么，我们马上开始吧。"

"啊，行呀，房间在哪儿？"

"其实我撒了谎。"佐藤遥香吐了吐舌头。

"撒谎？"

"是的，在这里可不行。"她刚说完就离开了柜台前，朝着大门方向走去。

"等我一下。"他小跑着跟在佐藤遥香身后，看着她的脚优雅地踩在富有弹性的地毯上。

"进来，进来。"她很快叫来一辆出租车，一只脚已经踏入车内，对他招手。他完全搞不清楚状况，可是也不打算撤退。他下定决心帮她完成大学的研究课题，必须亲自让她知道"精囊分泌液中含有的丝氨酸蛋白接触空气后产生的变化"。

"你们去了哪儿？"少年已经站了起来，手里依旧拿着游戏机，靠近西装男。

"那真是一栋非常巨大的大厦。"西装男看向斜上方，仿佛车里出现了那栋建筑物一般，"整个墙面都是玻璃，有种接近未来的感觉。"

"那可完全不接近未来。"OL女子吐槽他。

"虽然玻璃会反射周围的景色，不过附近没有其他建筑物，结果只能映照蓝天白云。"

"那是什么建筑物？"

"我不知道。像是医院，又像是研究所。"

"所以，你就在那里被采集了精液？"OL女子的声音带着轻蔑。

"啊，没错，简直是在做健康检查。"

"毕业论文怎么样了？毕业论文。"蓬田立刻发问。

"很明显这不是在做论文，根本就是人体实验。"上班族淡淡地说，仿佛沉浸在某种回忆中，点了点头，似乎是在夸赞自己的勇气。

"从血液开始，尿液、粪便、精液、唾液、汗水和体液，全被采了个遍。"

全员陷入沉默，分不清上班族的话有几分真几分假。

"不光我，还有其他很多人。每个人的脖子上都套了一个类似围裙的衣服，在建筑物里的各种检查室前排队。"

"围裙？"少年笑了，"好土。"

"那个女人去哪儿了？是叫佐藤遥香吧？遥香该怎么负责？这跟邮件里说的完全不是一回事吧？"蓬田热切地追问，连他自己都感到意外。

"不知什么时候，佐藤遥香就不见了，可能有事回学校了吧。我想她还会发邮件联系我的。"

"才怪呢。"少年和OL女子异口同声，"怎么可能再联系你。"

"请你们不要擅自下结论。"西装男转头的时候飞出了唾沫，喷了蓬田一脸。蓬田慌忙擦脸，感受到了唾液中夹杂的烦闷与不安的温度，竟有了一种身体在飞舞的错觉。

"然后呢，还发生了什么？"司机的话让车内的气氛缓和了不少。

"对了，对了，就是那个！"西装男拍起了手。他的右手握成拳，打鼓般敲打着左掌，很老土的手势，"有个我一直很在意的东西，就是进入检查室的时候，我在房间的角落里看到了那个。"

厢型货车又晃了一下，众人雪崩般向右倒，良久才坐正。

"我看见的就是那个，叫什么来着？刚刚你们说的那个叫什么？"

"蝉虫。"蓬田蓦地想起，脱口而出。

"对，对，就是那个。"上班族的声音都变尖了，"刚刚司机描述的，水滴形状，三米长，脸像梅特龙星人，还有脚。"

"八只脚。"

"我没数，反正就是像昆虫一样的脚。我在检查室看到窗户的另一头，一个 X 光摄影室中就有这种东西，长得像银色的纪念碑。"

蓬田的脑海里浮现出一个场景，蝉虫站在拍摄 X 光片的房间角落里。那真的是蝉虫吗，还是蝉虫的雕像？

"原来如此。"司机缓缓转动方向盘，深深点头。他那头长发摇晃着，以解说的口吻推测道："这或许就是蝉虫变得凶残的原因。"

"啊？"西装男提高声音。

"垃圾邮件吗？"少年反问。

蓬田愣愣地问："遥香吗？"

"我听说蝉虫在收集人类的情报，说不定这种检查就是。"

"蝉虫也有智商吗？你刚刚可没说。"妇人愤怒地质问，"它们不是吸树汁的吗？"

"它们原本是没有智商，可能是慢慢进化的吧。"司机回答。

"智商高到可以检查人类了吗？"蓬田觉得不可思议。

"啊，没错，是环境荷尔蒙的缘故，我在电视上看过。"OL女子说。

蓬田心想，"环境荷尔蒙"，真是一个久远的名词。确实，环境荷尔蒙造成的影响不可低估。

"刚刚开始就一直说些有的没的，莫名其妙！"少年忽然放声尖叫，一下将游戏机扔到了地上，游戏机的一角摔坏了。

"啊，世嘉游戏机可不便宜啊。"蓬田自言自语道。

其他人都一声不吭，车厢内又陷入了死寂，只剩下车子碾轧石头的声音以及引擎的响声。

"啊，烦死了。"少年焦躁不安地挠着头发。不仅是头发，他甚至开始挠头皮，似乎要挠开脑壳。

"这是搞什么？"蓬田目瞪口呆，担心少年会把皮肤都撕开，剥下脸皮，然后从身体里蹦出一个别的生物来。

"是谁把世界搞得一团糟的？！"少年大喊大叫，声音更高了，"从我出生以来，这世道就没有好过。那些守着存款和养老金的老人，随时随地都可以跑路，倒霉的都是年轻人。你们知不知道蚂蚁遇到敌人的时候，都是年老的蚂蚁去战斗，因为留下年轻的蚂蚁更有利于蚁群生存。按道理就该这样啊。"

没人回应他，蓬田也沉默了。少年的抱怨毫无意义，说到底也只是陈词滥调，而且莫名其妙，没必要回应。

"小伙子，你是不是过得很艰辛啊？"OL 女子开口，"父母的问题？受过伤害？还是说，是第二性征发育引发的烦恼？"

"别动不动说人受过伤害好不好？"

司机开口了，语气很柔和："虽然不清楚是谁把这世道搞得这么糟，不过很明显的是，把街道破坏成这样的就是蝉虫。"

蓬田直起腰，身体往前倾，好像在跟司机套近乎，问道："蝉虫是不是什么隐喻？"

司机透过后视镜看了看他，眨了眨眼说："谁说是隐喻了？我说的就是拥有高智商，可以分析研究人类，然后破坏街道的蝉虫。"

"哎呀，是地震吗？"蓬田身后的妇人叫出声来。

"车子晃而已啦。"西装男冷冷地说。

"不，就是地震。"妇人重申道，语气非常肯定。

"真的是地震！"众人纷纷附和。

蓬田侧耳聆听，将注意力集中在身体的摇晃上。一开始他只是感到车子在摇晃，很快就意识到不仅是脚下，整个大地都在晃。

"来了。"司机一开口，气氛顿时紧张起来。

"什么来了？"不知是谁问的，也许是蓬田。当司机转身往后看的时候，大地一阵轰鸣。

不会是雪崩吧？众人此刻倒是想到雪崩。

实际上，就连抓耳挠腮的少年也安静了下来，眼睛盯着车子的后方。除了司机，所有人都望向后车窗。

"来的是什么东西？"蓬田一边看着车后方，一边低声问司机。

其实也不必问了，他知道是什么。

那东西的身影渐渐显露了出来。

红褐色的大地上卷起风烟，就像远方的大海袭来的巨浪，越发清晰的影子渐渐靠近车子。仿佛是在配合车子摇晃的节奏，影子也在摇晃。

众人屏住呼吸，眼看那来势汹汹的影子越来越近，除了干看着别无他法。

"不是说蝉虫最高时速是八十千米吗？"妇人倒是记得很清楚。

"进化了吧。"司机冒出了一句。

"进化不是要很多年后才能发生的吗？"少年问。

蓬田吃惊地再次往前探身子，抬高腰身确认驾驶座上的时速表，已经超过一百千米了。

看一旁的窗户外面，他感觉到车子已经失控了，不清楚是什么原因，车子现在就像依着惯性滑行的雪橇，与地面的摩擦使得速度越来越慢。也许，已经来不及了。

"好夸张。"少年呆住了，仿佛在看着气球越吹越大，随即他往下看了一眼，看到自己脚边摔坏的游戏机，自言自语道，"哎呀，我的游戏机……"

"要有更多的游戏机。"平头男说。

这到底是有多少只蝉虫？

蓬田困惑地歪着脑袋，全身寒毛直竖。

起初，仿佛是地平线上浮现的波浪，此时已经完全显露出蝉虫的模样。蝉虫分成好几支队伍，以他们的车子为目标汹涌而来。它们快速摆动的脚，真让人毛骨悚然。

"这起码有一百只吧？"OL女子好像是为了消除鸡皮疙瘩，不停抚摸着双臂，可是依然颤抖不止。

"这可要命了。"蓬田催促司机，"再开快一点吧。"

"我把油门已经踩到底了。"

"先踩刹车，再加速，这样可以开得快一点。"

"要有更多的刹车！"平头男说。

出现一百只，每一只都有自己的巢穴。蓬田忍不住联想到，在某处有一百个巢穴，每个巢穴里还有九只蝉虫在待机。虽然"待机"这个说法有点奇怪，可能不太合适，不过重点是，这个世上至少有一千只这样的蝉虫。

回望波浪，蝉虫群变得越来越大，眼看就要吞噬厢型货车。那个之前被射杀的白发男，如同处于熟睡中，额头贴着车窗，因为摇晃倒在一侧，他的血在地板上四处流淌。

蓬田心里清楚，蝉虫群迟早要吞噬厢型货车，他只能请求司机开得快一点，再快一点。等到他反应过来，才发现自己手里握着枪，对着那个脸已经变成约翰·列侬的脸的司机。

大地的轰鸣声越发响亮，蝉虫的金属身体离厢型货车只有几米的距离，它们的脚就像是身体延伸出去的触手，充满着恐怖。

一声惊叫。蓬田试着消除鸡皮疙瘩，却无济于事。

"碾过来啦！"少年呐喊。

"全完了。"蓬田绝望地闭眼。

"要有更多的……"平头男还在自言自语，可是话说了一半，厢型货车已经侧翻在地，一阵灰尘扬起。

从天空俯瞰，此时的厢型货车仿佛一颗豆子。

二 月 下 旬 到 三 月 上 旬

二月二十七日

　　刚与母亲一同走到医院中央的院子里，就感受到寒风吹在我的脸和脖子上，让我瑟瑟发抖。于是，我紧握双手，感到双手愈加寒冷。母亲在我身旁搓着手，喃喃道："还能有几个春天可以让我迎接呢？"

　　入院两年以来，母亲总是动不动就说出这种话，让我感到很沮丧。

　　"你又说这种丧气话，战争早就结束了啊。"

　　"不管是打赢还是打输，战争总是把一切都破坏了。不管是胜利还是失败，战争总是将日常秩序与生活搞得一塌糊涂。"

　　"话是这么说，战争还是不可避免的，不过以后的日子会好起来的。"

母亲缄口不语，看向一边。我观察着她假装环顾四周的侧脸，觉得她真的苍老了。不，因为母亲和我的年龄差距本来就大，从很早开始，她在我的印象中就是一位上了年纪的母亲。

我小的时候，母亲的性情就很急躁，常常扯着嗓子大声说：

"赶紧做作业！"

"为什么这么简单的字都不会？！"

"去跟你爸道歉！"

有的时候我被骂也是自己活该，不过还有一些时候就完全觉得莫名其妙。为了能得到母亲的夸奖，不，这么讲可能有些过了，主要还是希望引起她的关注，我竭尽全力做一个听话的好孩子。可是，正是因为逼迫自己听话，长此以往，我感到越来越压抑难熬。我曾怅然若思，做人太累了，死了会不会得到解脱呢？而且我不是用脑袋想，而是反映在身体上，我的胸口、我的肠胃都这么想着。

那个时候，我感到绝望，想要自我了结，或者将怨气发泄出去，可能是在家里、学校发泄，或者犯下新闻报道或周刊上常见的罪行。我的身体中就埋藏着这种黑暗的种子。

还好种子没有萌发，这多亏我认识了坂本约翰。

小学四年级时，他犹如烟雾般出现了。

有次放学回家，经过便利店旁的停车场，我看到有个小学生在吃冰淇淋。当时的校规禁止学生在外面买零食，我就觉得他很叛逆。正这么想的时候，发现他已经与我四目相对。

"我是隔壁学校的，"他对我说，"专程跑到这边来买零食。你说我这算是胆子大，还是胆子小？"说完他自己也笑了。

不知为何，我觉得他很特别。在我的学校，我无法和同学们走得很近，变得很亲密，虽然表面上也都有所交往，但始终隔着一层墙。也许是因为家长参观日的时候，我的母亲看起来特别老，让我被其他同学瞧不起。当然他们也许并没有那么想，可我依然认为他们会看不起我。我感到很自卑，于是就把自己封闭起来了，而与此不同的是，外校的这位少年——坂本约翰，却让我对友谊有了一种期待。

那天以后，我们每天都会碰面。我也没有把坂本约翰介绍给我们学校的同学认识，所以他们总是以为我一个人去公园玩。

坂本约翰是与众不同的。首先他的名字就很特别。虽然他告诉我自己叫坂本约翰，但我也不确定这是不是他真正的名字。当时他说自己的父亲是美国人，我也没有丝毫怀疑。

每天回家的路上，我都会和坂本约翰一起在儿童公园玩。也多亏了他的存在，我心中的压抑逐渐得到缓解，没有精神错乱，平平安安地度过了青少年时期。那段时间，父亲因脑溢血去世了，母亲的性子也逐渐变得温和。我这才明白，原来母亲当初那么焦躁不安，都是因为父亲。

话说回来，我自己也没想到，如今我都二十几岁了，竟依然和坂本约翰保持着友情。

"我还会来看你的。"

"没事的，你也有工作要忙吧。"

"明天也要在外面跑动，恰好经过附近，我可以顺道过来看看你。"

"我看你多半要忘记，我是不会期待你来的。"

"我不会忘记的。"

"你以前老忘记做作业，还有答应我的事。"

"你说的都是什么时候的事了？"

小时候母亲会凶神恶煞地指责我："竟然忘了写作业，你脑子是不是有毛病！？"

然而眼前的母亲神情安详、语气温和，完全不是同一个人。

"慈郎。"

有人喊我？我有些惊讶地抬起头，看到母亲皱着眉问我："你在跟谁说话？"

"跟谁说话？我没有说话啊。"

"刚才你不是还在跟谁打招呼吗？"

我虽然否认了自己在跟谁说话，可是母亲这么一质问，我忽然有点将信将疑。

"再说这里也没其他人啊。"

"没有就好，你爸以前也有这个问题。"

"什么问题？"

"明明没有其他人，却喃喃自语，像在跟人对话。"

"他本来就不是那种擅长社交的人。"

"以前我没跟你说过，你爸去世前很古怪。"

"古怪？"

"周围一个人都没有，他却像是在跟人聊天。在外面的时候，明明没有遇到人，他却忽然停下脚步寒暄起来，聊些有的没的，还让我也跟那人打个招呼。"

"什么？他是看到鬼了吗？"

"另外，他有时候好像在打电话，可是电话压根就没打通。"

"痴呆了吗？"尽管父亲那个时候年纪不大，不过也不是不可能。

"还有一次，我们说话一直牛头不对马嘴，我听了半天才意识到，他竟然在和年轻时的我交谈，还冷不丁来了一句'那个慈郎在学校怎么样啊？去做作业啊'。"

"出现了小时候的我吗？看来是幻觉哦，真吓人啊！"

"我本来还打算带他去医院检查，结果没过一周他就不行了。"

到最后，他就在那种神志不清的状态中溘然长逝。

"是不是大脑的血管堵塞，导致神志不清？"

"也许吧，所以你自己也要当心。"

"我怎么当心？我都不清楚当什么心。"

"说起来还有一次，你爸爸突然告诉我，家对面的田中先生说要以进入J联赛为目标而努力，不过要先买个足球吧。"

"田中先生是那个住在附近的老爷爷吧？"

"是啊，他早就死了。"

以J联赛为目标，要克服的困难很多啊。

"要是出现幻觉，有个美女突然出现在我的房间里，我想我会很开心的。"

"那就请你赶紧结婚吧！"

"说了是幻觉。"

"幻觉也无所谓，结婚呗！"

"你可真会扯。"

话刚说完，眼前的一切忽然开始晃动，就好像水彩画上出现了水滴，画的轮廓变得模糊不清。似乎一不留神，母亲就会消失不见。我顿时感到慌张，不停地眨眼睛。

我魂不守舍地离开医院，走进停车场，启动了车子。

等待红灯的时候，旁边的人行道上出现一名女子，我觉得很眼熟，随即发出惊叹。她是我学生时代在补习班当老师时认识的一个女学生。当时她在读初一或初二，现在差不多读高三了吧。虽然已经发育得很不错，不过依然稚气未脱。我突然意识到自己的眼睛正盯着她的学生制服，想象着制服下面的样子。我不禁苦笑，自己也太不正经了。

"老师，你都没什么变化。"她忽然对我说。

我有些狼狈道："只是，身为你以前的补习班老师，刚刚竟然用那种眼神看学生，实在……"

"可你现在又不是补习班老师了，你是业务员吧？再说，我也是大人了。"浑然不觉中，她已经换掉了学生制服，穿上了连衣裙，看上去和我一样大。

"这样啊，那我就可以和你交往了吧？"我说完才发现自己是在想象一个无聊的画面。

"哟，慈郎，你喜欢女高中生啊？"

一旁突然有人说话，我猛地转头一看，发现副驾上坐着一个短发男人，正是坂本约翰。他给我的感觉就好像是当初那个棒球少年突然变成了二十来岁的男人。

他笑着看着我，说："怎么吓到了？慈郎啊，你还是老样子，动不动就发呆。"

"你什么时候出现的？"

"早就在这儿了好吗？"坂本约翰说完，不知从哪里拿出一个吸盘猴子玩偶，擅自贴在了车子的挡风玻璃上。

"你干吗在我车上胡乱贴这种东西啊！"我很是不爽，他却不以为然，好像这是他的车，若无其事地说："今年是猴年，贴这个会有好运势哦。"

相较于什么星座、血型，坂本约翰更相信生肖属相，而且非常看重当年的生肖运势。

"所以，到了明年就把猴子玩偶扔掉吗？"

他没回应我，却换了个话题说起来："我找到了一份相当不错的工作。"

我心想，反正肯定不是什么正经工作，没想到听他说完，比我预想的还要不正经。说白了就是上门推销，专找一些靠养老金过日子的老年人，连哄带骗地让他们签一些驱赶虫害的高价合同，然后装模作样地翻修一下他们的房子。听坂本约翰说完自己从事的工作，我感到很失望。我们从小学四年级就认识了，自然知道他一直以来的德行，而我也因为他身上有我内心的阴暗处，所以与他之间的关系总是很亲密。

话虽如此，可他这事有违法律，我还是要说一说。

"我很清楚要怎么做，接下来就是实践环节了。"

"别做。"我语气短促却坚决地反对。

"为啥？"

"骗那些孤独的老人，缺德。"

"慈郎，你听我说，老人未必就孤独，年轻人也会孤独。而且你知不知道日本百分之六十的储蓄金都在六十岁以上的老人手中。前阵子发表的《高龄社会白皮书》报告上说，超过六十岁的人中，七成表示对未来的日子没有钱方面的忧虑。相比较而言，你觉得现在的年轻人能有多少比例，完全不考虑钱的问题？"

坂本约翰竟然会去看《高龄社会白皮书》，这让我觉得有种不真实的违和感。

"或者可以这么理解，上了年纪的人看待事情更加全面，所以早就做好了规划。不得不说这是考虑问题的角度不同。"

"刚刚打完的那场仗，死掉的可都是年轻人。"

"是吗？"

"可不是吗？"

我其实没有深入思考过有关战争的问题，反正反对也没用，我心里强烈地这么认为。社会上那些老人呼吁阻止战争，倒不如说他们过于自以为是，以为自己的声音和态度可以影响世人，这让我有些心生反抗。

"慈郎，你听好了，我们这些年轻人始终在帮老人们擦屁股。听说今年四月起消费税还要上涨，开什么玩笑！"

这时后面传来汽车喇叭声，我这才注意到信号灯早已变成绿色，于是赶紧启动车子。

"对了，慈郎，你刚刚盯着高中女生看的时候，想了什么？"

我坦诚地告诉了他自己之前的幻想，反正对他隐瞒，最后也会被揭穿。果不其然，他露出冷嘲热讽的神情，耸耸肩说："没什么大不了的，我读高中时也老幻想班上女生。不过，你最好要分清现实和想象哦。"

车子开了一段路，我才发现坂本约翰突然不见了，也许他在我不留神的时候下车了吧。

二月二十八日

"慈郎，昨天跟你说的事，有没有兴趣跟我一起干？"

在仙台市郊外的某个家庭餐厅里，坂本约翰坐在桌对面。

刚刚他还指着菜单怨声载道："你看消费税一增加，饮食费用也跟着上涨。"提到这事的时候，他却忽然趴了下来，挡着嘴小声说。

"你说的是？"

"就是上门拜访那些无忧无虑的老人啊。"

"说真的，你就不能做点正经的工作吗？"

"你倒是跟我说说，啥叫正经工作？慈郎，那你的正经工作又是什么？"

"业务员，销售车子的新技术。"

"那跟我有什么区别？"

"怎么就没区别？"我完全无法认同。不过转念一想，似乎也没什么不同。对车子性能夸大其词，诱导客户签下合同，多多少少和坂本约翰的欺诈方式有所雷同。当我意识到此的时候，感到有些尴尬。当然，两者还是不一样的。

坂本约翰的衬衫上也画着猴子，穿了一件开襟的针线外套，继续怂恿我："我觉得我做的就是正经工作。想办法从有钱人的手里搞到钱，然后消费还给社会，多好。那些老家伙就只在乎自己。"

"这有什么问题吗？每个人都只在乎自己，无论是生命还是生活。就算出现了意外事件，大家不都是先琢磨跟自己是否息息相关吗？这本来就是人类的生存法则。"

"慈郎，你怎么这么喜欢说教？"

"我才没有。"

"其实昨天被你说教一番后，我回去反思过。确实，人还是不能做错事。"

我盯着他看，有些讶异。

"你到底怎么了？"

"呃……我是这么想的，从那些把钱管得紧紧的人手里骗钱其实也不是错事嘛，你说是不是？"

"你也太无法无天了！"

"你老劝我不要去做，我也感觉这工作可能不太好。"坂本约翰说完，就用吸管喝光了绿色果汁。

我搞不懂他到底是真的反思过还是无所谓。看他的样子，好像说错话被逼道歉的政客，让我摸不着头脑。我什么意见也没提，让他继续说。

"不过你也知道的，我的工作不是我想做就做、不想做就不做的。"

"我知道什么呀。"骗老人钱财这种事，有什么不想做就不做的。

"一直有人在背后关照我。"

哦，我明白了。他要退出的话，就是所谓"金盆洗手"了，那就不得不处理很多麻烦的道上关系。这不像网站上申请退出就能立刻退出那么简单。

坂本约翰耸了耸肩，努努嘴。他的神情依然有小学时代的痕迹，蛮搞笑的。

"那么，我得先去拜访关照我工作的老师。"

嗯？我还没明白意思，他已经起身离开，走出了餐厅。说到底这事我也不清楚，随他去吧。当我想完后，才发现账单放在桌上等着我去付呢。这家伙老是这样，总是让我来埋单。

"我可以出门去追刚出去的朋友吗？"我到柜台问女店员。女店员皱眉反问我："您这话是什么意思？"这可不是服务业从业人员该有的表情吧？

"那个……我朋友刚走出去。"

"我怎么没看见。"

"你没注意出入的人吗？"

"麻烦您先结账。"

"我朋友……"

"您真的是跟朋友一起来的吗？"

"真的呀。"

这个店员成心找我麻烦，我只好认输，埋了单，出了门。

"我刚才想起来，没有你的车我都不好出行。"

坂本约翰站在我面前，一脸理所应当的神情，一点不见外，就像在使唤自己的仆人、管家，或者小弟。

于是我开车送坂本约翰到他所谓的老师的办公室里。

前几天一直在下雪，路面上到处可以看到雪堆，好在车道都清扫干净了，剩下屋顶上的白雪，不时被风吹下来落在挡风玻璃上。

"这是谁的歌？"副驾上的坂本约翰悠闲地抱住膝盖，指着车子的音响问我。

"谁的。"我故意回答，"谁的歌。"

"什么玩意儿？"

"这是 THE WHO 乐队的歌。"

"你喜欢 THE WHO 啊，我完全欣赏不来，我喜欢小脸乐队（Small Face）。"

音响播放的是 THE WHO 的《四重人格》（*Quadrophenia*），伴随着音乐我踩下油门。

估计坂本约翰也知道这张专辑，他忽然说："你有时候就像是另一个我。"

"什么意思？"

"是我内心的声音。你虽然爱唠叨说教，却也是为了让我不行差踏错。"

"别说我唠叨，再说你早就行差踏错了。"

单行线的另一边，接连出现多辆暗绿色的军用卡车。

我看着那些卡车渐行渐远，胸腹之中如同堆积了黑暗的水泥，感到无比沉重。

"又要开始打仗了吗？"

我心中的恐惧与担忧直接让坂本约翰说了出来。我又瞄了一眼后视镜，看着那些军用卡车的背影。

"不知道会怎样。"我说话的声音都有些走样。

所谓战争，就是破坏一切日常生活的巨大怪物，可又好像是不知不觉间在街道上扩散的毒雾，我总是这么认为。

"太复杂的我也搞不懂，不过一旦陷入纠缠不清的麻烦之中，还是要通过打仗来分出胜负的吧。"

"是吗？"

"就跟性欲一样，憋着忍着倒不如赶紧发泄出来。"

"话是这么说，能避免还是避免的好吧？"

战争结束后的复兴需要不少时日，即使是在战争中守住的领土，战后依然不得太平。打赢了仗到底得到了什么？要是这么问我的话，我还真没法说出答案。也许是守护了国家的尊严，却破坏了家园。

我开着车进入市区，绕过官城县政府的后方，按照坂本约翰的引导前进。终于，他说："到了，就是这儿。"我停下了车子。

"行，那我过去一趟。"

"没问题吧？"

"什么？"

"你想退出，他们会放你走吗？会不会让你吃苦头？"

"说不准，要看我怎么处理和沟通了。"

"听你这么说，我反而更担心了，我就在这儿等你出来吧。"

"没事，我也不知道要在里面待多久。慈郎，你去探望你妈吧。"

"昨天才去过，今天就算了。"

"她情况怎么样？"

"看起来还不错，没有很难受的样子，大多数时候都在睡觉。"

"那些医疗设施不是很贵吗？"

"靠着以前我爸留下的保险金和养老金还算勉强撑得下去，不过也快撑不住了。最近她一直催我早点结婚，说不定早就神志不清了。"

"话说，我小学就跟你认识了，却从来没见过你妈。"

"纯属巧合。"我话是这么说，却是骗他的，实际上我是故意不让他见到我的家人。当初还是孩子的时候，唯一能够消除家庭带给我的压抑感的方式，就是和他在一起。跟他在一起的时候，就好像进入了一种自由游离的状态，或者说是无菌状态。虽然坂本约翰本人，别说是无菌了，他简直就是满身都是精神细菌，可他的存在对我来说非常重要。

我开着车，回到了位于仙台市南郊的家。坐电梯上楼，开门后坐在客厅的沙发上，我拿起遥控器，播放了一部老电影《搏击俱乐部》。

"你没事吧？"突然有人说话，吓我一跳。

"你谁啊？"

"你都不记得了吗？我是你老婆啊。"

一阵头晕目眩，我不禁摇头。

"怎么可能不记得，你上初中的时候我就认识你了。"

"你竟然对学生下手。"

"我们谈恋爱的时候，你都已经成年了好吗！"

"坂本约翰还好吗？"

"他还是一门心思只想赚快钱。"

"话说，这个人真的存在吗？"

我捉摸不透妻子这话的意思，含混不清地说："啊，真的呀。"

"爸爸。"忽然听到小孩的声音，我惊讶地四处张望。

"怎么了？"

"我刚刚听见小孩子的声音。"可能是电视上有童星在说台词。

"你连自己的孩子都忘了吗？"她调侃道，随即靠过来。可能是靠得太近，我反而看不清楚她的脸。我知道了，她故意逗我玩，我哪有什么孩子。

我眨了眨眼睛，再次睁眼细看的时候，妻子已经无影无踪。浴室有水声，奇怪，我什么时候放的热水？

二月二十九日

闰年的二月二十九日会给人一种本不应存在的东西硬是出现的感觉。在人类无法控制的"时间之流"中，不讲道理地多出这么一天，不得不让人感到是多余的。如此想来，确实是不安定的时间。

早上醒来，我习惯性地看一下手机确认时间，看到了新闻短信的推送。新闻上说，某个地方的男子为了反对消费税上涨不惜自焚。这有什么用？早在国会要通过消费税上涨的时候不抗议，现在都要实施了再抗议，为时已晚。

我感到额头隐隐作痛，伸手一摸发现有个肿起来的包。

想了想，我实在想不起来是什么时候撞到的。我在盥洗台前照着镜子，这才发现不仅是额头，连我的眼皮周围也是肿的，我小心翼翼碰了一下，好疼。

"爸爸，受伤的地方还好吗？"身后传来小孩的声音。

"噫——"我发出悲惨的哀鸣，眼前模糊不清，赶紧用手揉揉眼睛。

"爸爸，你没事吧？"儿子又问了一遍，好像这是他的任务一样。我的感觉很微妙，似乎他是在我的脑海里和我说话。

"爸爸昨天被坏人打了，是吗？"

"啊？"

"妈妈说的。"

随即，妻子好像算好了时间一般及时出现。

"昨天你跟坂本先生见面了，又想帮他了是吧？"

"没有，跟他告别后，我马上就回来了。"

"回来后你忐忑不安，后来又出去了吧？"

我怎么都想不起来昨天发生了什么，只是隐隐记得，昨天坂本约翰依然穿着那件画着猴子生肖的衬衫。

手机响了，我一接，那边是坂本约翰的声音。我觉得他就像个影子一样隐藏在我的身边，只要有机会就马上出现。也许就像是以前患过的水疱病菌，只要我的免疫力低下，就会以带状疱疹的形式再度出现。

"慈郎，今天方便见面吗？"

我长叹了一口气，甚至是深深地"唉"了一声。我跟这个男人之间的孽缘真的无法切断吗？莫非他的声音是我捂住耳朵也能听到的幻觉？

没等妻子做出反应，我就立刻开车前往仙台车站。

当车子经过国道 286 号的弯路时，副驾上忽然出现一道影子，我才意识到是我儿子跟着一块儿来了。

马路边竖着广告牌，上面是日本地图。

"那是干什么的？"

"在征募给国家打仗的人。"

"战争不是早就结束了吗？"

我一时语塞。

"没错，战争之前就结束了。不过，在那场战争之前的战争不是也早就结束了吗？"

"什么意思？"

"战争之前总有战争，而每次战争结束时，大家都以为这是最后的战争了，然而后面还会有战争。就像大师说的是收官之作，结果后面总有好几部。"

从车站的屋顶停车场下来，我把车子改成自动挡，下了车。

"被纠缠上了吧？"

饭店里，坂本约翰坐在我对面，当即承认。与此同时，儿子靠在我身上睡着了。

"慈郎，你的脸怎么肿成这样了？"

"托你的福，我被人狠狠揍了一顿。那些纠缠你的是不是就是昨天那帮人？还说一直关照你。"

"如果是一直关照我的上司，昨天那帮人没必要偷偷摸摸跟踪我。"

"你还是快点把事情处理了吧。"

"没准是我以前骗过的人，想报复我，才一直缠着我。"

"你骗的不都是上了年纪的老人吗，那些老人会缠着你？说句不好听的，他们还有没有活着都是个问题。"

"如今都是高龄社会了，而且他们搞不好雇用了打手。"

"自作自受。"

"慈郎，我和你几乎就是一心同体。我自作自受，就是你自作自受。"坂本约翰这种牵强附会的说法让我不禁苦笑。

这时，隔壁桌一阵骚动。

物体的响动和人的声音几乎同时响起。一个男人推开皮椅站起来，椅脚摩擦地板发出噪声，他语调强烈地说："真没用！就是有你这种人，这个国家才越来越不行！"

我转头一看，是个身材矮小、脖子和手腕都很细的老人。他伸出满是皱纹的手，指着坐在眼前的年轻人。

那个年轻人一头短发，戴着黑框眼镜，全身透露出的老实诚恳如同外套一般，一点不像那些轻浮随性的年轻人。年轻人回应："随你怎么说。就是因为你们这些人什么都不做，放任法律不管，才会造成税金上涨。到时候真打仗了，上战场的还不都是我们年轻人。"

"还以为你有什么话要说，结果只是推卸责任而已。"老人情绪激动，大叫大嚷起来。

坐在老人身旁的中年男子勉强笑了笑，安慰道："算了，算了。"

"你要是真有种，直接去参军呀！现在不是在征募士兵吗？"年轻人也很生气，不过依然保持着淡定的神情。

"我都这么大年纪了，你们年轻人不去，让我去，那还不乱了套！"

年轻人调整了一下眼镜的位置，说："不是的，你说错了。为国家的未来考虑的话，应该重视的是年轻人与孩子。他们以后还会赚很多钱，缴纳税金，也会消费，促进经济发展。再说了，现在的战争又不是白刃战，而是通过军方的伪装昆虫散播病毒，对参军的年龄没有限制。说不定军方需要的就是你这样的人，要做的事情也很简单，就是操作平板电脑罢了。"

"他们在吵什么？"儿子忽然出现。

"走吧。"我说完，坂本约翰也起身离开。

回程的车上，坂本约翰理所当然似的坐在后座。不知为何，儿子坚持坐在他身边，全程很安静。

坂本约翰没说到什么地方，我就先开上国道了。

遇见红灯，我停车望着窗外。因为想要确认大楼有多高，我抬起头望向白茫茫的天空。天空的颜色非常乏味枯燥，如同有人拿着画笔涂上一般不自然。我觉得我每天的生活也都是在机器的监视下进行的拙劣的戏剧表演罢了。

在我车子的右侧停了一辆黑色休旅车，是新款的丰田，可以在高速公路上自动行驶，用的就是我们公司生产的感应器。这是我一直想买的车，所以忍不住看了起来。突然，这辆休旅车的车门滑开了，出来一个拿着棒球棍的男人，鼻孔出着气，明显一开始就以我们为目标。

"坂本约翰，这是怎么回事？"

我问后座的坂本约翰，不过可能是后视镜角度的关系，那一刻我竟没有看到他，而我的儿子可能是躺下睡了，我也没看到。

忽然感觉车里好像只有我一个人。

不管怎么样，我不能牵连孩子。

手持棒球棍的男人挡在车子前，我不管他，依然踩下油门。可是，安全感应器只要感应到有人站在车子前，就会发出警报，然后车子自动刹车。虽说安全第一，可是眼下的情况，往前冲才是真的安全。机器毕竟是机器，不知道根据具体情况变通，我很无奈。不知何处传来了警笛声，我不清楚那是真的警车过来了还是我产生了幻觉。

三月一日

"慈郎，我们一起为进 J 联赛努力吧！"

忽然听到这话，我有些莫名其妙，困惑不已。回头一看，发现年轻时的母亲抱着一个足球站在我面前。

这是怎么回事？我连忙闭上眼睛，再次睁开的时候，有个穿着高中制服的短发女孩说："我已经是大人了，我们结婚吧！"

我看着自己的手，发现全是皱纹，估计是没法再努力进 J 联赛了。

我睁开双眼，发现自己正靠在墙壁上，以一种别扭的姿势睡着了，难怪会做这么莫名其妙的梦。

环顾周围的环境，我意识到这是一个仓库之类的地方。我的背和腿伸得笔直，身形就像一个连接地面和墙面的 L 形钩子。我睡着了却没倒在地下，是因为有人将我的身体和身后的柱子绑在了一起。

我的脚尖前面堆着几个麻袋，里面可能装着谷物。

坂本约翰就在我脚边。他没被捆在柱子上，却让人绑住了手脚，躺在地上。我用脚尖碰了碰坂本约翰的背，不是因为我其他地方不能动，实在是因为太生气，我用了很大力气踢他。坂本约翰痛苦地呻吟着，像只毛毛虫一样扭动着身体。于是，他扭动着膝盖和屁股，挪到了我身边。

"慈郎，你终于醒了。"

"这是我要说的台词吧。我为什么要去见你呢？"

"这也是我想说的。"

"不，你才不会这么想。"说完，我忽然意识到一件事，肚子里仿佛有冷风吹过一般凉飕飕的。

"喂，我儿子在哪儿？"

"慈郎，你说的儿子是指谁？"坂本约翰皱起眉头。

"儿子，就是我的儿子啊，你瞧。"说到这儿，我才惊觉，我压根儿就没有一个在上小学的儿子。

仓库的卷帘门发出了沉闷的响声，黑暗的仓库总算出现了亮光。在此之前，只有少许的阳光从窗户洒入。此时，入口处的光亮延伸到地面上，形成一个长方形。

两个男人从打开的卷帘门走了进来。他们身材瘦削，皮肤很好，身穿有垫肩的时髦外衣。一到我们面前，他们就挺直了身子，双脚稍稍往外打开。

"喂！"男人对坂本约翰说，"臭小子，你居然敢骗我们的爷爷！总算让我们逮到你了。"

"你指的到底是……"坂本约翰在哽咽。

"我们追查了不少以前的资料，好好调查了你一番。"站在右边的男人面无表情地说。他戴着一副有些颜色的眼镜，我想他不会通过眼镜录下我们现在的模样吧？

"你又在欺诈骗人啊？"我转身问坂本约翰，他用力摇头否认："我早就不做了。"

"听好了。"男人说，"就是你的欺诈方式，把我爷爷害得好惨，最终沦落到跟自杀没什么区别的地步。他走都走不稳地冲到车子前，当场就被撞死了。"

"现在的车都有安全感应器，想撞也撞不成。"我分不清这是我说的，还是坂本约翰说的。

"我是爷爷一手养大的，我一定要替他报仇。"

"做人不要这么偏激。"

两个男人拿出筒状的物体举了起来，一按下开关，就从里面射出一种尖锐扭曲的东西。被这种东西击中会很疼吧，而且形状这么扭曲，估计伤口都很难缝合。话说，这种东西应该是几年前那场战争中使用过的武器，尖锐部分还涂有可以使伤口感染的细菌。

"其实我并不想这样折磨你。占有优势的时候，还折磨对方，实在太卑鄙。"

"那就不要使用暴力啊！"

"这都是你造的孽，欺骗依靠养老金过日子的老人。其实我爷爷心里也知道你可能在骗他，可是觉得与其寂寞地生活，还不如装作不知道的好。真是让人难过得想哭，你说是不是？"

"是的，我现在真的很想哭。"坂本约翰似乎要哭出来，不断地点头哈腰，道歉谢罪。

"不要对犯错的孩子过于苛刻，也不要嘲笑老年人的行为。"站在右边的男人说，"难道你没听过这句话吗？"

这两个人的眉毛长得很像，也许是兄弟。左边那个拿着武器的男人，手腕上有一个很大的伤口，肉都没了。可能是意识到我的眼睛在看伤口，那个男人转动了手腕，说："这是打仗的时候被感染了，只能挖掉里面的肉。"不知为何，他说话的时候看的却是坂本约翰。

随后，坂本约翰发出了杀猪般的惨叫。

两个男人拿武器打他，鲜血迸射，他们把他击倒在地。随后，其中一个男人一脚踩住坂本约翰的胸口，骑在他身上狂打。

坂本约翰的人生就要结束了吗？我如同在观看自己的一个分身已经穷途末路，然而并未觉得恐惧，只是脑子空白地看着眼前发生的一切。

直到坂本约翰不再呻吟，这两个男人才住手，立即后退。

我听到坂本约翰发出鼾声，这让我松了一口气，至少他还有呼吸。下一刻我才意识到，他这是头部遭受重创，陷入了高度危险状态。

要马上送往医院！

该轮到我挨打了吧。虽然早有觉悟，可是那两个男人可能因为情绪太激动，完全没注意我，反而喘着粗气盯着地上的坂本约翰。

他们根本不把我当回事，好像现场只有坂本约翰。

这时，从一侧飞过来一个麻袋。

男人条件反射般，如同接住摔落的婴儿，用双手和胸口接住了麻袋，随即另一个麻袋也突然飞到了另一个男人身上。

我这才发现，麻袋是别人扔过来的。

那些扔麻袋的男人立刻扑向双手接住麻袋的两个男人。

这是一群穿着制服的警察，他们挥舞着警棍制伏了这二人。我是第一次亲眼看到电子警棍，一下就感受到了它的威力，那两个男人连声音都没发出，全身就僵硬了。

出现了一个熟悉的脸庞。

"我来给你松绑。"那个人切断了绳子。

"谢谢，总算得救了。"

"我费了不少工夫去找你，生怕你又去找坂本约翰，卷入什么糟糕的事情中。"

"你是怎么找到我的？"

"坂本约翰接受过可以追踪生命迹象的晶片手术，可能是为了防患于未然吧。我为了寻找线索，就去了他做手术的医院，没想到恰好收到危险通知。"

我以前在一些新闻网站上看到过关于生命迹象追踪的报道，据说是为了能第一时间发现独居的老人倒下或死亡，一旦有危及生命的事发生，晶片就会马上将信息传送给当初登记的医院。

　　这个技术是在之前的战争中为了追踪士兵开发出来的。

　　进来一群穿着白大褂的医疗人员，抬走了坂本约翰。

　　坂本约翰作为守护符戴着的猴子饰品掉在了地上。

　　"拜托了，老爸。"

　　母亲不见了，妻子不见了，只剩下我儿子。

三月二日

　　坂本约翰的葬礼十分冷清。他几乎没有什么家人，只有一个自称是他侄子的男人在操办丧礼。话说，这个侄子我也是第一次知道。

　　"您就是慈郎先生吧？"

　　灵堂的休息室里，忽然有人跟我搭话，我一看就是那个侄子。

　　"常常听我伯父提起您，说他和您之间有无法割舍的孽缘，所以我也不会把您当外人。"他看着我说。

　　休息室里，陆续进来几个看起来像是来吊唁的男人和女人，也许是跟坂本约翰差不多年纪的邻居吧。其中有个女人看起来身材还不错，还在丧礼服上喷了费洛蒙香水。我心想，这还真像是坂本约翰会结识的人。

"真没想到，原来约翰是他的真名。"

灵堂外面的葬礼布告上写着坂本约翰，我才终于确定这是他的本名。虽然我们做了这么多年朋友，但我一直不相信那是他的真名，真是讽刺。

我刚去见了坂本约翰最后一面。他躺在棺材里，面朝天花板闭着眼睛，像是睡着了。

"慈郎先生，昨天我整理伯父的遗物时，找到了他的日记。"坂本约翰的侄子说。

"日记？怎么可能？"差点就说出了口，不过我还是咽了回去。坂本约翰这得过且过的个性，和代表了坚持和毅力的"写日记"行为，怎么想都觉得不搭调。当我听到"找到了他的日记"这几个字时，觉得这就像是一个谚语或寓言故事。

"他不可能老老实实地坚持写吧？"

"是的，好几本都是写了没多久就放弃了，不过每隔几年都会重新产生写日记的兴趣，这也很符合伯父的性格。以前他都写在纸上，后来就写在电子产品上了，最后都是用录音的方式记录。"

"我已经好久没跟他见面了。总感觉每次见到他，都会卷入什么麻烦之中。"说完，我突然意识到是在跟人家的亲人抱怨，赶紧住嘴了。

"伯父每次的日记都差不多是从一月写到三月初，里面提到不少和你见面的事。可能只是巧合吧，我发现你们总是在二月下旬见面。"

"二月下旬？"

"到三月初左右。"侄子拿出一块半透明的不定型平板电脑，让平板电脑悬浮在半空，随后在屏幕上做了一些手势，好像是要做统计图。

"说起来，那件事是什么时候发生的？就是以前的仇家来寻仇，把他打得死去活来。"

"也是在二月下旬或三月上旬的时候吧，大概十年前。"

"十二年前吧。我记得那年也是猴年，刚好过了一轮。"

被麻袋救下来之后，医疗人员抬走坂本约翰，那个猴子饰品从他身上掉落的画面，我始终记忆犹新。他还真是生命力很强，在医院做完手术后，竟然苏醒了。

"根据日记的内容，那是伯父快六十岁时发生的事。"

"在那之前，发生过相同的情况。我开车载着还是小学生的儿子在等红灯，旁边休旅车上的男人突然袭击我们。"

后来，恰巧经过的警车救了我们。当时，我们都接近五十岁了。

"伯父说过，好像只有慈郎先生会这样。"

"会怎样？"

"不嫌弃他，一直和他做朋友。"

"我很嫌弃他呀。"

侄子笑了，随即意识到在葬礼上这样不礼貌，于是抿住嘴，将视线投向置放棺材的房间。

我耸耸肩，说："以前我一直觉得，他那么懒散随性的生活作风，迟早会卷入什么案件中，丢了命。"

"你是说伯父吗？估计他本人怎么也没预想到，会因为食物中毒去世。"

坂本约翰吃了没烤熟的肉，结果导致细菌感染，引起腹痛、呕吐、腹泻不止，连忙入院治疗。不过，估计是他平时也不注意自己的身体，结果抗生素一点用也没有，使得他体力透支，还被医院里的病菌感染了。知道他病情恶化之后，我还去探望过一次。看着他痛苦地躺在病床上，我不禁开始想自己会以怎样的方式结束人生。死亡肯定不会那么乖巧地等我睡得迷迷糊糊的时候到来，多半是突如其来。

一声叹息后，我突然发现周围空空如也。人都去灵堂了吗？莫非从一开始就只有我一个人？我忐忑不安地起身，看到墙上挂着的镜子里出现了我的脸。镜子中的男人皮肤干枯如树皮，眉毛中有不少白色，正在盯着我看。

斯人已去，我琢磨着要不要在坂本约翰的棺材里放个与猴子有关的物品。

对于葬礼，我已不再关心。虽说我并不会忘记和坂本约翰来往的时光，可也不想跟他有任何瓜葛了。等我回过神来，已经在建筑物外面了。

我忽然想起十五年前去世的妻子，她因感染了之前在战争中使用的军事伪装昆虫散播的细菌而死亡。

现在是三月间，可当风吹过我的脖子时，我还是感到很冷。我那两只没有戴手套的手紧紧地握在一起，像是提醒自己不要忘了父母的仇。

我从几个中年妇女身旁经过，听到她们说："真是忍受不了战争了。"

就连这些人和话，我都感觉是我的脑袋幻想出来的，这是不存在实体的想象。

三月三日

我躺在自家的看护病床上，刚结束和浮现在室内的儿子的立体影像的对话。

我打开遥控器，想放下靠背。

"怎么了？"

忽然有人说话，我惊讶地"啊"了一声，一抬头，看到负责照顾我的人出现在天花板上。

"我好像按错按钮了。"解释之后，那个立体影像就消失了，四周寂然无声。

时隔多年，我再次想起了自己的父亲。当年父亲去世前，出现的那些幻想中的人和事物，和今天这些立体影像是何等相似。哪天我也该告诉儿子他爷爷去世前的症状，还有那个以 J 联赛为目标的田中先生的事。

刚才，我为了换气打开了窗，此时吹进了风。风的吹动方式与寒冷感觉从未改变。我隐约听到什么人在用麦克风大声说话，从远方传来。大概是在抗议战争，或者抗议加税。

无论哪个时代，无论哪天，永远都是战争前、加税前。

哪一个都不会终结。

下一个猴年来临前，我会死吗？

顺其自然吧。正如坂本约翰曾经说的。

如 果 当 时 这 么 做

*** A ***

人总会想象，如果那个时候那么做的话会变成什么样？

人总是根据过去的信息与感情、记忆与感想做出行动和判断，然而无论是谁，都会偶尔展开想象："如果那个时候那么做的话……"

山本也不例外。

一次上班路上，山本蓦地起了一个念头："哎呀，那个时候要是……"

那是中学时期，有个同年级的男生在捉弄一个性格恬静的女生。山本想，为什么那个时候没有站出来保护那个女生呢，要是当时站出来的话……越想越耿耿于怀。

一如既往的生活，妻子在背后说着"一路顺风"，山本走出家门，前往公交站。

当他来到公交站的对面时，注意到一位佝偻的老婆婆。老婆婆看起来是一大早就迷了路，有些不知所措地东张西望。

山本起初是想去询问老婆婆有什么需要帮忙的，可是看到有一辆公交车在驶向公交站，不由得犹豫起来。

"您有什么困难吗？"要是这么一问，接下来肯定还要帮忙指路，恐怕是赶不上这辆公交车了。下一班车要十分钟以后才来，到时候再搭乘从门场站出发的电车，会赶不上公司的上班时间。

反正也不清楚老人是在苦恼什么事，搞不好人家其实没什么苦恼，自己没必要非得上前去帮忙。于是，山本做出了决定，他连忙从老人的一侧经过，横穿斑马线，加入一列等待公交车的队伍。

公交车到站后，车门一开，山本就随队伍上了车。

车内的座位基本上都满了，也没有抓着吊环站立的乘客。山本走向车厢中部的单人座位，那是他固定的老位置。

山本所在的住宅区的上班族，不需要徒步走半个小时前往门场站转乘电车坐到市区，因为乘坐这班公交车是最便捷的。最初住宅区建成的时候，就宣传"一班公交就可以直达车站"。山本认得车上的每一个乘客，然而他们的关系也不算熟，也不会闲聊天。说白了也就是最熟悉的陌生人，大家都不清楚彼此的情况，有着不去打听他人家庭背景的默契。

车厢内忽然发出大叫声，山本一下子没反应过来发生了什么。

是车厢后部的乘客。明明听到了惨叫声，却没有人骚动，大家反而都屏住呼吸，静观其变，车内忽然更加安静了。

有个男人站起身，手里拿着刀子指向一旁的女人。犯人！那个男人无论从哪个角度看都非常符合"犯人"这个身份。他对女子说："喂，给我站起来！"他的语气弱弱的，甚至有着明显的颤抖，不过他反复强调这句话的瞬间，全身都是紧绷的，看来是做好了某种打算，已经有了破釜沉舟的决心。

犯人戴着眼镜，耳朵很大，头发很长，身材中等，外表看起来很年轻，难以判断真实年龄。不知道他是什么时候上的车，不过可以确定的是，这个人不是山本每天上班的公交车上会看到的脸孔。

山本的脑海中冒出疑问："为什么他会乘坐这班车？"不管什么原因，毫无疑问现在爆发了重大的危机。

或许是不想面对现实，他的脑子里只剩下一个想法：怎么会……怎么会发生这种事？

"你们全都不要动，谁要是敢乱动，我就捅这个女人。还有，不准偷偷打电话或者发信息，听到没？！"

犯人说的话，就好像捆住山本的锁链一般有力。

刀尖紧贴着女子。她很年轻，皮肤白皙，穿着白衬衫。她的脖子正对着尖锐的刀子，只要犯人稍一用力，瞬间就会鲜血迸溅，染红她的白衬衫。仅仅是想象，山本就感觉自己要晕厥过去。

"冷静点！"坐在后面的妇人说道。

另一名男子随即也说："冷静点，为什么要做这种事？"

"呀——"又响起惨叫声。犯人一边挥舞着手中的刀子，一边押着女子开始向前移动。

"司机，赶紧停车！"犯人大声吼道。他全身上下散发出不满与愤怒的情绪，仿佛是从水彩管中挤出的颜料。他的声音中尽是苦闷，仿佛是在咆哮："停下吧，我的人生！"从他身体中喷出来的黑色颜料涂满了整个车厢。

司机当然早已意识到车内的异常事态，将车速减了下来，通过车内麦克风紧张地说："即将停车。"随后，公交车停在了路边。

"熄火！"犯人命令道。女子承受不了刀尖带来的恐惧，眼看就要晕过去。

"给我听着，都别想偷偷报警，全都给我举起双手。不照做的话，我真的会捅人的！"

乘客们马上伸直了手，弯了弯手肘举了起来。

"哎，你冷静一点。"坐在最前面的女人，个子虽然矮小，背脊却挺得很直，是山本经常在车上看到的一个中年妇女。此时，中年妇女劝起了犯人。

"吵死了！滚开！"犯人用手肘推开中年妇女，走近扶手位置。

到底会变成什么状况？他该怎么做？

山本正在犹豫不决的时候，犯人大喊："喂，你们！你们当中的男人全部给我下车，下去！"

也不知道是犯人突然冒出来的想法，还是按照原来的计划来了这么一出。山本很快意识到了犯人的企图，他是要排除对自己有威胁的男人们，只留下女人和小孩作为人质。

山本接下来会怎么做？

大喊一句"不能只有我们下车"，对犯人进行抗议？

不是。

大喊一句"这是性别歧视"？

也不是。

他只是看了看周围，偷偷观察其他的男性乘客会有什么反应，采取什么行动。

他觉得与其说自己是摇摆不定，倒不如说是觉得其他男人多半也会支持自己心中的选项。

其他男人大概也是一样。大家都紧张兮兮地看着彼此，露出一副怯懦的表情，心中琢磨着如何逃避责任。

催促他们赶紧做出决定的，反而是犯人。

"赶紧下车！你们在商量什么！你们再不下车，我真的会刺下去！赶紧的！"随即犯人开始数数，从十开始数。

等回过神来，山本发现已经有好几个男人开始往前方出口方向移动，这帮人有些神情恍惚，仿佛被抽掉了魂魄一般虚弱地排起了队。被留下的女性们怯怯地望着这帮男人，然而谁也没有出口指责他们。

"把门打开！"犯人一吩咐，司机也只好开了车门。

这一瞬间，山本的脑海中浮现出二十年前中学时代发生的事。当初无法保护被捉弄的女孩，山本一直很想把那个没出息的自己打包扔出去。

此时此刻，如果直接下车，就算是因为犯人的威胁，就算是不可抗拒的紧急状况，也必定会让自己像二十年前那样感到悔恨，不，是更加悔恨。

山本非常清楚这一点。

然而，当他回过神时，才发现自己已经在排队了。

他缩着脑袋，眼睛紧盯着自己的脚，怀着罪人般的心情走向出口处。

他的心里回响着对自己的斥责。不回头真的好吗？不停下脚步真的好吗？就算犯人手里有刀，也不过只有一个人，不是吗？只要男人们都团结起来反抗，一定可以解决问题。然而，这个想法瞬间因为家人身影的出现而烟消云散。他想到自己的妻子以及刚出生不久的儿子，暗暗自我辩解，我必须平安回家，我想要平安回家。

山本没有停留，随着男人们一起下了车。当自己的脚踏上地面时，身体里涌现出了一股安全感。他假装自己没有发现。

这帮男人愣了一阵后，有人自言自语道："要报警吧。"这时公交车启动了引擎，如同醒来的野兽，摇晃着向前驶去。

为什么当时会……山本很想抱头嘶吼。为什么要听犯人的话？这样真的好吗？这些想法让他几欲发狂，痛苦撕扯着他的胸口。

此时，一种深深的悔恨在山本的全身游荡着。

如果当时询问老婆婆有没有困难，就会赶不上这辆公交车，也就是说自己也不会卷入这个事件中，不会对自己产生这么强烈的厌恶感。

为什么当时没有上前询问老婆婆？

如果一切能重来，山本一定会主动上前询问，然而事到如今，后悔也无济于事。覆水难收，犯下的错误无法再弥补。话虽如此，可是真的没办法重来了吗？

***　B　***

一如既往的生活，妻子在背后说着"一路顺风"，山本走出家门，前往公交站。

当他来到公交站的对面时，注意到有一位佝偻的老婆婆。老婆婆看起来是一大早就迷了路，有些不知所措地东张西望。

山本起初是想去询问老婆婆的，可是看到有一辆公交车在驶向公交站，不由得犹豫起来。

"您有什么困难吗？"要是这么一问，接下来肯定还要帮忙指路，恐怕是赶不上这辆公交车了。下一班车要十分钟以后才来，到时候换乘从门场站出发的电车，会赶不上公司的上班时间。

反正也不清楚老人是在苦恼什么事，搞不好人家其实没什么苦恼的，自己没必要非得上前去帮忙。于是，山本做出了决定，他走向老人，询问她："您遇到什么麻烦了吗？"

"啊？"老婆婆抬起头，盯着山本，嗓音比山本想象中还要洪亮，"啊，我在想这附近有没有便利店。"

山本看见公交车停在了对面的站牌前，乘客开始陆陆续续上车。不过，既然已经放弃乘坐这班车了，他反而一点也不着急，坦然地想，要是上班迟到就迟到吧。

"找便利店的话……"他指了指后面，对老婆婆说道，"从这儿一直走就有一家。"

"有劳指路！谢谢你的热心。"老婆婆麻利地道谢后，立刻转身离开。

山本回头一看，发现公交车还没走。来得及吗？他赶紧穿过人行横道，正巧和公交车司机对上了眼神，估计司机也是注意到山本要上车，所以没有启动车子等着他。

当山本上车的同时，车门关上了。

车上的位子几乎坐满了，还好山本固定的老位置——位于车厢中部的单人座依然空着，他自然就坐在老位置上了。

车上的乘客们，因为上下班常常见到，所以山本几乎都认识。然而他们的关系也不算熟，也不会闲聊天。说白了也就是最熟悉的陌生人，大家都不清楚彼此的情况，有着不去打听他人家庭背景的默契。

车厢内忽然发出大叫声，山本一下没反应过来发生了什么。

是车厢后部的乘客。明明听到了惨叫声，却没有人骚动，大家反而都屏住呼吸，静观其变，车内忽然更加安静了。

有个男人站起身来，手里拿着刀子指向一旁的女人。犯人！那个男人无论从哪个角度看都非常符合"犯人"这个身份。他对女子说："喂，给我站起来！"他的语气弱弱的，甚至有着明显的颤抖，不过他反复强调这句话的瞬间，全身都是紧绷的，看来是做好了某种打算，已经有了破釜沉舟的决心。

犯人戴着眼镜，耳朵很大，头发很长，身材中等，外表看起来很年轻，难以判断真实年龄。不知道他是什么时候上的车，不过可以确定的是，这个人不是山本每天上班的公交车上会看到的脸孔。

山本感到有些眩晕，怎么会发生这种事？他感到茫然无措，不停地眨着眼睛，想确认是不是在做梦。

或许是不想面对现实，他的脑子里只剩下一个想法：怎么会……怎么会发生这种事？

"你们全都不要动，谁要是敢乱动，我就捅这个女人。还有，不准偷偷打电话或者发信息，听到没？！"

犯人说的话，就好像捆住山本的锁链一般有力。

刀尖紧贴着女子。她很年轻，皮肤白皙，穿着白衬衫。她的脖子正对着尖锐的刀子，只要犯人稍一用力，瞬间就会鲜血迸溅，染红她的白衬衫。仅仅是想象，山本就感觉自己要晕厥过去了。

"冷静点！"坐在后面的妇人说道。

另一名男子随即也说："冷静点，为什么要做这种事？"

山本的脑海中又开始涌现"那个时候要是那么做的话……"的想法。

犯人挥舞着手中的刀子，押着女子开始向前移动。

"司机，赶紧停车！"犯人大声吼道。他全身上下散发出不满与愤怒的情绪，仿佛是从水彩管中挤出的颜料，他的声音中尽是苦闷，仿佛是在咆哮："停下吧，我的人生！"从他身体中喷出来的黑色颜料涂满了整个车厢。

司机通过麦克风说着："即将停车。"随后，公交车停在了路边。

"听着，全都给我举起双手。不照做的话，我真的会捅人的！"

乘客们马上伸直了手，弯了弯手肘举了起来。

到底会变成什么状况？他该怎么做？

山本正在犹豫不决的时候，犯人大喊："喂，你们！你们当中的男人全部给我下车，下去！"

山本很快意识到了犯人的企图，他是要排除对自己有威胁的男人们，只留下女人和小孩作为人质。

啊，事情发展成现在这样该如何是好？山本还是感到手足无措，观察了一下周围人的反应。他偷偷观察其他男性乘客会采取什么行动。

与其说自己是摇摆不定，倒不如说是觉得其他男人多半也会支持自己心中的选项。其他男人大概也是一样。

犯人开始催促："赶紧下车！现在，马上！你们再不下车，我真的会刺下去！赶紧的！"

等意识过来时，男人们已经开始从座位上起身，山本也紧随着站了起来。

"把门打开！"犯人一吩咐，司机也只好开了车门。

"你们赶紧下车！"犯人指着出口方向，朝着男性乘客们喊道。

男人们在通道上缓慢地排起了队，朝着车前方移动。山本也加入了队列中，不时地偷瞄犯人。他对自己说，千万不要刺激犯人，保持着盯鞋子的姿势，慢慢前进。

犯人一边对这支队伍保持着警惕，一边拿刀尖对着女子。

"那个……"队伍前面的一位男子突然说话。他穿着西装，看起来快退休了，当然他也是这辆上下班公交车上的伙伴。他忽然对犯人说："那个，打扰一下。"

"搞什么呀？赶紧下去！"犯人从靠着的椅子上起来，拿刀对准了男子。

"啊，那个，不是，我想谢谢你……"男子怯怯地说。

"赶紧下去吧！"

"谢谢你。"男子不为所动，继续说，"实在太感谢你了。"

"你说什么呢？"

"给了我一次挽回的机会，真的太感谢了。"

山本也是这么想的，恐怕在场的男人大半都是这个想法。

男人们一拥而上抓住了犯人，有人抱着犯人，有人控制住犯人拿刀的手，他们马上把人质拉了出来。山本紧紧抓住犯人的另一只手，完全不在乎会不会受伤。

二十年前，有个男子持刀挟持公交车，包括山本在内的所有男性乘客，无一例外按照犯人的命令下了车。随后犯人威胁司机把车开到了相当远的购物中心的停车场，作为筹码对抗警方。好在结果还不错，所有人质都顺利获救，警方及时逮捕了犯人。那些先前下车的男人虽然没有受到世间的指责，不过对于山本的人生来说，始终有种囚禁般的折磨。

那个时候，为什么自己不能勇敢面对？一想起来对犯人言听计从的场面，山本就觉得自己没用，深深地厌恶自己，甚至觉得对不起妻子和孩子。

那次事件之后，有人搬了家，也有人改变了交通方式，不过大部分的人还是每天搭乘这班公交车上下班。

时光荏苒，尽管过去了许多年，然而从住宅区前往车站的唯一路线依然是乘坐这班公交车。每次上车，山本就感觉自己的背上似乎被贴上了"软骨头"的标签，心中满是畏怯，就连走路都畏畏缩缩的。可以想象，其他男人也不例外，愧疚与后悔始终侵袭着他们，未曾减弱，他们如同接受惩罚般坐着这班公交车。有时候，他会忍不住想象："为什么当初会……"一想到这儿，就会感到胸口绞痛。

二十年的岁月一闪而过，那次事件早已随风远去。可是对于山本等人来说，却是永远都无法消除的疙瘩。可以说这些男人都是在那次事件中诞生的同母异父的兄弟，每天早上打照面的时候，心里就隐隐作痛，表情都扭曲了。

就这么过去了二十年，竟然又发生了同样的事情。实际上，这个犯人就是二十年前挟持公交车的那个人，这是他又一次作案。只是当时山本他们并不知道内情。这个犯人对之

如果当时这么做

125

前被逮捕那件事心有不甘，在服刑期间不但没有丝毫悔意和反省，反而不断思考着"如果那个时候那么做的话……"。等他终于出狱了，下定决心这次一定要一举成功，于是再次坐上了那班公交车。

山本抱着必死的决心制伏了犯人。他那威风凛凛的模样，就是一个真正的男子汉。

这一次，他绝对不会再让自己失望。

一 个 人 办 不 到

＊＊＊ ━ ＊＊＊

　那晚，林衿子被电话铃声吵醒。家里的电话已经很久没有响起过了，而且当时她睡得正熟，完全没明白过来到底是什么声音在响，脑子里一片混乱。

　丈夫去札幌出差了，她随便买了些熟食当晚饭，然后悠闲地看了会儿电视剧，躺在床上随手翻看杂志的过程中自然而然就睡着了。

　惊醒后，她看了看枕边的钟，已经是深夜两点了。这个时候，会是谁打来电话呢？又是遇到什么事了呢？她想起两年前六十三岁的母亲去世的事。那时她母亲刚参加完同学聚会的第二个场子，走出车站的时候被车撞了，当时警方通知林衿子也是打的家里的座机。

　对于林衿子而言，与自己相差二十岁的母亲，就像自己的姐姐一般。林袗子自己也是在二十岁的时候生下了女儿梨央，某种意义上，她们甚至可以说是三个年龄差距比较大的姐妹。三姐妹中最年长的母亲去世，她却总觉得不是真的，总感觉母亲是到某个地方逍遥自在去了。丈夫曾经说，深夜和清晨打来的电话很不吉利，她对此深有同感，所以在犹豫要不要接电话。

不会是丈夫出了什么事吧？或者……她开始有一些不好的联想。

电话铃声兀自响个不停，她有些不知所措地走到电话前，看到电话那小小的液晶屏幕上显示着住在东京的女儿梨央的名字。

梨央考上大学后，就离开了茨城老家，独自来到东京，没想到一毕业就怀了孕，立即结了婚。这种年纪尚轻就怀孕，随后立马结婚的命运，似乎从自己母亲那一代开始就延续至今。对此林袗子倒没有什么意见，只是对难以见到外孙礼一有些埋怨。

"梨央，怎么了？"她接起子机，还有些没睡醒的脑子总算开始运转起来，开口说了第一感觉的猜测，"不会是荣一出什么事了吧？"

荣一是女儿的丈夫，也就是林袗子的女婿。他个子不高，但肩膀宽阔，大学时代是橄榄球队的主将。如今为了两岁的儿子在搬家公司上班，上周工作的时候被家具压到了大腿，骨折了，正在住院治疗中。林衿子心想，大腿骨折不至于会危及生命吧，不过深夜打来的电话，总是会让她想到不吉利的事。

"他没事，还在医院。"

"那是小礼有什么情况？"一想到外孙，她就一下惊醒了，外孙出什么事了吗？发烧了？不，仅仅是这种事，女儿不会特地打电话给娘家的。莫非出现了什么不正常的症状？她越想越着急，大声问："到底怎么了？"

"妈，我好像跟你提起过，就是我以前打工的时候，有个男的老是纠缠我。"电话那头的梨央声音有些紧张，放低了嗓音，似乎是考虑到礼一还在睡觉。

"纠缠你？是跟踪狂吗？"大概两年前，梨央还没怀孕生孩子，曾经在某大学附属医院的餐厅里打工。

"是一个经常来的客人，好像是医学院的学生。"

"那个人怎么了？"林衿子心中焦急，催促梨央赶紧说下去。

梨央说那个学生老纠缠她，还找到她当时住的公寓，在附近来回走动等她，让她觉得非常害怕。直到荣一过来把他赶走之后，就没有再出现过。后来梨央结婚生子，也搬了家，在照顾孩子的过程中，逐渐将那个男人的事忘记了。

没想到，如今那个男人却一下子出现在她的生活中，成了问题。

"我恰巧碰到他，是在他工作的影碟出租店里。"

那个学生没有成为医生，结果做了影碟出租店的店员吗？林衿子暗想，不过没有说出口。

"正常情况下，店员不应该偷看客人的资料，他却不管规定，偷偷查到了我的电子邮箱和家庭住址。"

"可是，你都已经结婚生孩子了，现在他也没机会了呀。"

"正常人自然是这样想的，可我觉得他就不是正常人。"

"那就等荣一出院后，让他去教训一下吧。"

"要不是事出突然，我是这么打算的。"

"嗯？"

"我刚收到那个人发的短信，说要过来找我。"

林衿子一下没明白是什么意思，只是发出了急促的喘息声。她回头再次确认钟上的时间，确实是凌晨两点多没错。

"这个点吗？"

"我不知道他是怎么得知荣一最近住院的消息的，他说要来我家。"似乎是要让自己冷静，梨央的语速很快，"他还在短信里说要教训我。"

这是什么意思？林衿子话没说出口，就听到梨央急促的尖叫声。

"怎么了？怎么了？"林衿子急得要咬话筒。

"电梯有动静。一到晚上，我家就能听到电梯的响动，我刚听到电梯启动了。"梨央租的公寓是三层建筑，他们家住在三楼，电梯上来的话，一下就能到。

"梨央、梨央，你有没有锁门？"

"锁了，不过……"

"只是锁了门吗？"

"家里的锁出了点状况，要是从外面用力一拉就能拉开。"

"怎么不去修好？"

"我估计就是那个男人弄坏的。"梨央低声说话的同时，传来了孩子的哭声，"啊，小礼，不怕不怕，别哭。"

林衿子听到女儿在努力安慰外孙。她坐也不是站也不是，不停地在房间里来回绕圈，不明所以地抓着自家的门锁。就算现在马上从茨城出发，也无济于事啊。

"妈妈，糟了，他真的来了。"

警察！林衿子几乎喊出声来。

"快报警！把门压住，绝对不能让他开门。"

"嗯，好的。"梨央这么回答，可是礼一在一旁又哭又闹，她真的守得住吗？

"有菜刀或者球棒吗？赶紧找些能当武器的东西防身啊……"话刚一出口，林衿子又想到万一武器被对方夺走就真的完蛋了，就没有其他可以保护自己的方式了吗？

说到底，那个男人到底要干什么？

"总之我得先报警，不能再讲了。"梨央说完就挂了电话。

林衿子抓着空响的子机，忽然跪倒在地，感到全身肌肉

一个人办不到

都是紧绷的。

　　她走到佛坛前，对着母亲的遗照双手合十，拼命祈祷女儿平安无事。

　　过了十分钟左右，电话再次响起。她立刻抓起子机放到耳边，脑海中却浮现出糟糕的画面，万一是警察沉重的声音，问自己是不是梨央的家人之类的话，就说明最糟糕的事还是发生了，就像母亲当初去世一样。

　　"妈妈。"耳边传来梨央虚弱的呼吸。

　　林衿子又浮想联翩，想到梨央身受重伤，握着手机快要不行了。她赶紧从脑海中甩掉这个画面，随即听到女儿说："没事了，我教训了他一顿。"

　　林衿子终于松了一口气，差点骤停的心脏总算恢复跳动。

　　"什么教训？"

　　"我教训了他一顿，他还有呼吸，不过估计是晕过去了。"

　　"你们都没事了吧？到底发生了什么？你是怎么教训他的？"林衿子赶紧追问。

　　"我……"梨央好像很激动，声音颤抖着说，"我打了他，当时他拿着刀……"

　　"然后呢？"

　　"啊，警察来了。妈妈，是警车的声音。"梨央虽然还有些不知所措，不过声音之中透露着希望。电话这头的林衿子没有听到警笛声，不过还是缓缓地吐出了压抑在胸口的气。

这时她听到梨央说了一句："看来还是要买圣诞礼物呀。"

*** 二 ***

松田阳一坐在会议桌的一角，看着眼前的资料，心里却只想回自己的部门。倒不是回自己部门就有什么好事，恰恰相反，需要处理来自各个部门负责人的报告、联络事宜以及商谈等琐事。不过相比这些，会议要无聊得多。

可能是发现松田在出神，本部长点了他的名："松田，最近你负责的区域怎么样了？"

现场十几名主管的目光瞬间都集中在松田身上。

一紧张，松田声音都尖了："在！一切安好，没有情况。"

"不会再出现去年那种工作失误了吧？"本部长的眼神锐利了起来，语气却不是在责怪。

"是，是，不会的。"

"我们可不想再出现铁板笑话了哦。"

参加会议的所有人都发出了笑声。松田的脸都红了，嗫嚅着说："不要笑话我了。"

坐在他身旁的绿川杏珠也显得很愉快，这让松田忍不住想对她说：如果能让你感到开心，我也很满足。

"本部长，不过听到别人说铁板，想当然的会以为是真的铁板吧？"

"你回去查查字典，不是有个词叫'铁板比赛'吗？"

"这里的'铁板'是从像铁一样坚固不变引申过来的用法，你说是吧？"绿川杏珠说。

"就是说嘛。"

"不，这种用法我也不是不知道，不过有人对我说准备好铁板，我当然会以为就是铁板喽。"松田似乎成了被告，一个劲儿地给自己辩解。

"才不会呢。"会议室的许多人听得莫名其妙，连连摇头。

"话说回来，这种失误或者理解偏差之类的事总是不可避免的，既然松田都觉得他没错，我们也就适可而止吧。我们要尽量防止此类状况发生，所以还是要进行多重检查。"

"一直都有多重检查的步骤，不过去年实在太忙了，最后还是忙中出错。"松田挠着脑袋，低垂着头。

本部长点点头，和蔼地说："没事，谁不会犯错呢。"

"虽然工作充满艰辛，但是我希望大家都能引以为豪，齐心协力做好本职工作。"本部长的助理井上百合香说完结束语，代表着这场会议终于结束了。大家纷纷起立，齐声朗读社训，随后陆陆续续离开。

松田的办公楼和绿川一样，都位于南栋，于是两人一块回去。松田心想，要是这条路可以一直走下去就好了。

"希望今年的圣诞节可以轻松一点。"绿川说。

绿川主动跟他说话，这让松田的心里如同照进一道阳光一样温暖。在松田的心目中，绿川是他非常尊敬的前辈。尽管绿川只比他年长一岁，可是她做事总是自然得体、信手拈来，是许多人都期待的公司未来的中枢人物。公司大部分员工都是在其他行业做过之后才被招进来的，只有极少数人是应届毕业生，而绿川就是其中之一，这就可以看出公司对绿川非常看重。

松田暗恋绿川，却也有自知之明，知道这份感情几乎不可能有结果。

"虽说祈祷一切顺利，工作能轻松点，但多半还是会招来不可避免的麻烦。反正我也静不下来，还不如待在公司随时待命。"松田说道。

"每个区的负责人都是一样的呀。"

"绿川小姐也是这样吗？"

"一般你主动留在公司以防意外情况出现，往往都会一帆风顺，什么事情也没发生。等你觉得没问题，打算去休假的时候，却总是会接到紧急通知。简直就像一种预言，所以我还是待在公司吧。"

"是啊。"松田附和道。他心里却想，往往造成这种意外的不是相关负责人，而是他自己。不过他没说出口，而是转换了话题："小时候看电视上转播棒球比赛，每次我支持的球队都会输，我以为是因为我观看比赛才会导致球队输了比赛。当时的情况似乎跟这个情况很像。"

"你有偏爱的球队吗？"

"有啊，不过这个队很弱，就算我不看，比赛照样会输。"

绿川嫣然一笑，松田也开心起来。

这时走道左侧的自动门开了，听到有人说"劳驾，让一让"，同时出现了一座纸箱的小山。

其实纸箱只是叠放在物流台车上，说话的是推车的野村。

野村是个年过五旬的老前辈，目前是整备部的部长。他有不少部下，身为部长也不需要负责现场作业，不过他还是兢兢业业地在现场忙活，比如搬运纸箱这种事，按理说交给初来乍到的新人就好。

"哟，小绿川、松田选手，都在呢。"野村打了个招呼。

"野村先生，货物还真不少。"

"还行吧。之前订的维修工具总算到货了。两个月前就委托总务部去订了，怎么花了这么长时间？就算是拜托圣诞老人送的礼物，也早就到了。"

"圣诞老人可不会给大人送礼物的。"绿川接过话茬，开了个玩笑。

"要是我的内心依然保持着童真呢？"野村的个子不算高，双肩宽阔，手臂的肌肉发达。他的圆脸上常常露出一种温柔的神情。

"知道童真，就说明你已经不是孩子了。"松田这么一说，野村故意浮夸地叹了口气，说："松田，你可真会聊天。我看你负责的区域不会有靠谱的人加入了。"

"别这么说嘛，要是遇到去年那种强台风，没有强健有力的成员可就难办了。"

"碰到意外情况的时候，要擅于利用 GPS 导航系统呀。"

"导航系统也有没办法的时候。"

"也是哦。"野村露出满意的神情，鼻孔微微张开，随后推着台车向南边走去。

"看到野村先生，总会让我想起我的父亲。"

"他们长得很像？"

"很小的时候父亲就过世了，所以我的印象也很模糊。"

不妙，绿川这么一说，松田突然不知道怎么接话了。好多时候就会这样，越是想说些体面的话，越是言多必失。后来他也吸取了教训，遇到这种情况，干脆一言不发了。

"原来如此。"他莫名其妙地低声来了这么一句，随即沉默不语。此时，就好像成心在等这个安静的时机一般，他的肚子忽然咕噜咕噜地叫了起来。按说是很不体面的回应，可绿川却笑了，看向松田的肚子说："松田，你可真有趣。"

"没有啦，人类不都有这个身体机能的嘛。"松田紧张地按着肚子，"人在空腹的时候，胃会因为大脑的反馈变得兴奋起来，而空气又会进入……"说着说着，松田突然意识到一个劲儿地解释肚子响反而更不体面，一下闭上了嘴。

"我父亲的身材很像野村先生，个子虽然不高，但很强壮，学生时代就是运动社团的主将。"

"什么运动？我父亲年轻时也是运动社团的主将。"

"是吗？我记得你父亲是在搬家公司工作。"

右侧的自动门开了，走出来一个大汗淋漓、浑身像在冒气的高大男人。男人身穿黑色运动服，衣服上有一些黄色的条纹，是当下时髦的款式。

门那边是健身房，并排摆放着跑步机和重量训练器材，旁边是壁球场和乒乓球台。不少员工都穿着运动服在里面健身。这个身材高大的男人看起来就像个开朗的运动员。他叫御子柴，四十多岁了，看起来却比松田还年轻。

"御子柴先生，你好拼啊。"

御子柴喝着矿泉水，眯了眯眼。

"我们要是不拼的话，就白费了你们努力做好的事。说到底，我这个部门就是要靠力气，所以大家平常都很注重锻炼。"

"说得是，最终还是要靠你们完成任务啊。"绿川故意加重了说话的语气。

御子柴不禁皱了皱眉，忽然大声说："对了，松田，现在还能追加单子吗？"

"御子柴先生也是我负责的区域？"

"是啊，你不会是忘了吧，今年我和兼子交换了区域？对了，我想再追加一户。"

"这个月之后吗？"截止到上个月，目前的清单已经确定下来了，当然还是可以增加的。考虑到区域覆盖率的话，直到最后一刻都可以修正。

"是的，我从朋友那儿得知一个情报，有个三十岁上下的男人大晚上酒驾出了事，被送到了他工作的医院。"

"死了吗？"

"是的。"

相比酒驾撞死人的事情，这反而是件好事，当然让人听了仍然不是很愉快。既然御子柴提起这件事，说明那个死去的男人有孩子。

"我随后一打听，发现那孩子的家正是在……"

"在我这个区域是吧？"松田点点头，"我会派遣调查人员去核实的。"

"有劳了。"御子柴露出一口洁白的牙齿，转身回了健身房。

自动门开了以后又静静地关上了。

"啊，绿川小姐，传闻中的那件事是真的吗？"两人再次前行，松田忽然问道。

"哪件事？"

"听说公司录取最后一环的必要条件之一，就是姓氏里面有个'子'字。"松田也不记得是听谁说的，不过他调查过所有司机的名字后，发现日本分部的人员全都有个"子"字，比如御子柴、金子、安孙子、增子等。

"不知道是为了有个好兆头，还是有什么理论依据，反正一直以来确实如此。"

"你是想说圣诞老人是为了孩子们而存在的吗？"

"也许吧。在孩子们看来，公司的最后一环，也就是我们的司机才是真正的圣诞老人。"

"可我们这些后勤人员也是圣诞老人的一部分啊。"松田倒也不是觉得别扭，只是话说出来也没错。

"在背后默默出力，不觉得很帅气吗？"

* * * 三 * * *

世上并没有圣诞老人，然而却有类似圣诞老人的机构。这个机构是什么时候开始建立的，没有一个员工清楚。公司没有介绍历史的文件资料，也没有人会解说这些。机构与一般意义上的公司不一样。如果非要解释的话，就像是大型的非营利机构，拥有悠久历史与无数实际业务的 NGO。当然，在这里工作的员工都有薪水。

招募员工的海报之类的东西自然是不会有的，也不通过人力资源中介以及应届毕业生招聘会来招聘。基本上都是由人事部判断某人是否适合在机构里工作，确定之后就会主动去洽谈。这多少像是在涉谷街头跟帅哥搭讪，问："有兴趣进入演艺圈吗？"不过也不尽然，真要是帅哥，多半觉得自己的长相适合当模特或演员，可是我们这个公司的人就无法知道自己是怎么被选中的。

公司设置了好几个部门。

松田和绿川的部门负责挑选礼物，管理送件对象的信息。部门下面会划分具体负责的区域，松田和绿川是各自负责区域的主管。此外，有一个部门是为了准备孩子们想要的礼物，负责和玩具厂商协商条件，也有的部门是专门分析送礼物当天的天气情况。

野村负责管理驯鹿、训练驯鹿，包括观察记录它们的健康状况，以及打造驯鹿队伍，这方面他经验丰富。

御子柴是驾驶驯鹿拉雪橇的司机，属于负责最后一环的部门。此外，圣诞夜在高空行驶的话，除了要注意机场塔台的信号外，为了避免侵入领空的误会，还要事先秘密通知政府。也就是说，公司有类似塔台功能的部门。另外，还有部门专门负责收集送货地点的地图信息、导航，以及对周围建筑物进行安全分析的系统。

所有这些部门中，最重要的应该是人事部。找到适合公司的人才，是公司可以顺利发展的关键。这样的人必须工作认真勤奋，有遵纪守法的高度意识，最重要的是嘴巴严，能够严格保密。公司到底是怎么找到合适的人才的，这件事就如同有名的拉面店所特有的汤头原料一样，是秘密中的秘密。

总而言之，公司的员工为了能够在每年的圣诞节清晨成功地把礼物送到孩子的枕头边，每天都在严阵以待。

"才没有圣诞老人呢，我的玩具都是父母买的！"不少人都会这么想，就连公司的员工曾经也是深信不疑。

"我亲眼看到爸妈把礼物放在枕头边的。"也不乏这种证词。

当然，以上的说法也没错，大部分的圣诞礼物都是由父母、祖父母、亲戚等和孩子有血缘关系的人送的，所以许多孩子并不相信圣诞老人的存在，不过这些孩子也不是公司的目标。

可这个世界上也有没收到礼物的孩子。

首先是那些没有亲人的孩子。

其次，有些父母对子女不管不顾，漠不关心，甚至也有虐待子女的残忍父母。

另外，如果在圣诞节前遭遇意外，比如父母遇到车祸，或者卷入一些灾难将生活搞得一团糟，总之就是碰到了一些事故，导致孩子没有了圣诞节。

公司的圣诞礼物系统就是为了这样的孩子而存在的。

所以，要找到符合条件的孩子就显得非常重要，调查部门的员工常常在负责区域内搜索信息。然后，他们把搜集的信息整理成名单，从中筛选出"只能靠圣诞老人送礼物的孩子"，这样的目标覆盖率最为重要。

圣诞老人不会放任这样的孩子不管！

这是每个员工的信念。

* * *　四　* * *

野村将纸箱搬到仓库后，在回宿舍的路上，碰到一个新来的双眼皮员工。说是新来的，其实也三十多岁了。他叫中森游马，穿着连体工作服跑了过来。

"野村先生，那个……K好像状态不大对。"

"K？几号的K？"公司管理的驯鹿，根据脾性不同以及拉雪橇时候的配合度分成很多小队。

中森用手边的平板电脑核查后回答："十五号，是十五小队的K，它最近几天都不吃东西。"

"十五号的K吗？"野村拉上工作服的拉链，说，"没事的，每次到了十二月，它都会自己调整状态。"

"你是说它在控制体重吗？说起来，现在它的体重确实比我们算出来的目标体重轻很多。"

"K好像自己在把握状况，虽然它没法说话。可能是为了飞行和遇到风的时候不受影响吧，总之，它会自主控制进食，而且每年它的体重都会有变化，应该是在它自己控制的范围内吧。"

"我听说，野村先生能和驯鹿们对话？"

"中森，就算是我，哪来的本事和驯鹿对话，不过嘛……"

"不过什么？"

"比起我的妻子，我反而觉得自己和驯鹿们更加心有灵犀。"野村一本正经地说道，不过中森觉得他是在说笑。

野村打开门，前往室内训练场。训练场像是一个面积很大的体育馆，地面都整修过，或者说像是在草原上搭建了屋顶和墙壁，里面有一个小巨蛋的特殊场地。

另外，训练场和田径场一样，有好几条跑道，跑道上是来回奔跑的驯鹿。有几头驯鹿悠闲地走着。在中央显眼的褐色土地上，有一群驯鹿在全神贯注地奔跑着。它们跑得无声无息，没有脚步声。

在训练场延伸出来的跑道上，有几头驯鹿拉着雪橇，在高台上练习跳跃动作。

野村按照小队的顺序一一走向各队的领队，查看驯鹿的资料，核实每个小队的状况。目前没有任何驯鹿生病或受伤，不过每次临近圣诞节前的一周，总会有驯鹿受伤，所以不能放松懈怠。

"野村先生，第五小队的 J 没问题吗？"

不知什么时候野村身边站了一个高大清瘦的男人。那个男人短发利落，五官俊朗，正是御子柴。

"司机先生怎么来训练场了？"野村抬头望向御子柴。

"我很关心它们的状况啊，到时候要一起工作的嘛。"

"说得也是。为了能让它们顺利完成任务，我们会非常重视它们的健康和训练的。三餐的营养都很充足，训练安排也都很合适，不会有问题的。"

"可我听说 J 的身体状况有些问题。"

"哪来的谣言？"野村半调侃道，随即严肃地叹了一口气，"那个 J 啊，天生就是个路痴，一飞到空中就会搞不清楚哪里是地面。"

"这可不太妙啊！"

"要是只有它一头驯鹿，那确实很不妙，不过每次它都是和 M 或 N 一起执行任务的，所以不用担心。不过，J 的脚力和面对逆风情况的应变能力却出类拔萃，不让它出任务就太可惜了。但是最近一次，它一个人独自飞行训练的时候，搞不清方向，狠狠地撞到了天花板上，刚巧被来参观的司机先生看到，所以才担心它有问题吧。嗯？你在笑什么？"

"没有没有，我只是觉得野村先生用一个人、两个人来作为驯鹿的量词，真的很有意思。"

一个人办不到

野村鼻子哼了一下，说："这么说比较方便罢了。你们不是也一样吗，玩《宇宙巡航机》或《铁板阵》之类的游戏时，都是用一只、两只来数残留下来的战斗机的。"

"我才没有。"

野村环抱双臂，观望着努力训练的驯鹿们。只要戴上公司专门的护目镜，就可以看到每只驯鹿的身份标记，但是对野村来说，他只看驯鹿的毛色或体形，就几乎可以认出每一只驯鹿。

"那边是什么训练？"御子柴指着左边问。驯鹿以五只乘以两只的队列练习着，这个队列很接近正式出任务时的队列。驯鹿们拉着雪橇，没有奔跑，而是步伐保持一致，慢悠悠地走着。

"雪橇上放着薄薄的盘子，盘子上有水。"

"不能让水溅出来，是吗？"

"是为了训练它们小心谨慎地运载礼物。"

"可是野村先生，玩具不都被包装好了吗？"

"很久以前，近畿地区有个队伍在飞行中失去平衡，紧急降落在一所小学里。等到确认无误后重新出发，估计是因为跑得太急，雪橇晃得很厉害，结果把玩具都弄坏了。虽说不管什么时候玩具都有可能损坏，可是当时驯鹿和最后负责运送的人都没发现，结果把坏得没法玩的遥控车送到了孩子手里。"

"每年送货都会有意外情况。"

"没错，不过专门进行这种训练之后，损坏发生的概率就会降低很多。"

"我不确定这是否存在因果关系，进行那种训练之后，损坏概率真的会降低……"御子柴一说，野村瞄了他一眼。野村以为御子柴的话是带有否定和批评的意思，但看他的样子，似乎完全没有这个意思。御子柴只是出神地看着驯鹿训练。

"野村先生，那些驯鹿全是帕里驯鹿吗？"

"没错，帕里驯鹿是最能飞的品种了，不过也不是全都会飞，会飞的大概占十分之一。"

"红鼻子驯鹿呢？"

"在会飞的驯鹿中大概占百分之二吧。"有一部分驯鹿很有方向感，当周围环境变暗的时候，体毛会发亮。因此，公司也会按照童话故事里的描述，将拥有这种特殊体质的驯鹿称为"红鼻子"，会给每支队伍都安排一只。

"说起来，御子柴，今年你要去的地方是松田领导负责的吧？"野村的语气带着调侃，特意加重了"领导"二字的发音。

"没错，松田领导年轻有为。"御子柴的语气也很轻松，"不过，他真的是很不可思议啊。"

"怎么说？"

"我对松田没意见，真的觉得他人很不错，可是他常常会发生失误。"

"什么常常？！我看是一直都在出问题。"野村忍不住吐槽。

松田太容易出问题了，比如确认过孩子们想要的礼物清单后，进行没必要的修改，结果搞错了物品。还有总是搞错开会时间，或者说好了在南栋集合，结果他一个人去了北栋入口等……

"去年也是一样。"

"是说铁板吧？"

等到要配送时，松田还是不确定小学男孩想要的礼物，于是到物品管理部和负责人商量，负责人不假思索地说："既然是男孩，那就是铁板了吧。"

其实负责人说的铁板是指那一年受欢迎的一个动漫人物所使用的笔形无线电收发机，这个玩具一上市就销售一空，成了一种社会现象。负责人的意思是，只要送这个热门礼物，肯定没有问题，所以才用"铁板"打比方。没想到，松田竟然按照字面上的意思，以为要送的礼物是"铁板"。这个失误很快就传遍了公司，成了大家的笑柄，这一年里众人经常提起，到后来就演变成了搞活气氛的铁板笑话。

"话说回来，物品管理部按照松田制作的清单订货，当时怎么就没有人注意到有问题呢？"御子柴说。

"也是。"野村挠了挠鼻子，笑说，"对了，你说'不可思议'是指什么？是说松田竟然会犯那么低级的错误吗？"

"不，我不是那个意思。其实我并不是指责松田，不要误解。"

"我懂，没有人会讨厌松田。"

"我感到神奇的是，公司是怎么找到他的。"

"是啊。"野村附和地点头，"公司的人事部真是太厉害了。"

"就是啊。我认识的一个公司老板说过，一个组织怎么都能成立起来，关键是在组织里工作的人才。只要有人拖后腿，公司就可能会垮掉，我觉得这话很有道理。特别是我们这样的工作，关系到孩子们的梦想，但凡有小小的失误，可能就会前功尽弃。"

"嗯，嗯。"野村环抱双臂，使劲点头，"没错，你也没想到自己适合司机的工作吧？"

"我之前的工作，在市政府的垃圾回收促进科。"

"你看，公司人事部认为你适合现在的工作，就找上了你，然后你就真的来做了，而且发现真的很适合。这到底是怎么判断出来的，还是说人事部有什么独门秘籍？"

"真吓人，难道请了私家侦探调查我？"御子柴言不由衷。他心里明白，公司一点都不可怕。

"人事部一定也是判定松田具有某种特质吧，虽然他常常失误，可那都是无心的。大家都说他说不定是中了要莫名其妙出错的诅咒。"

"嗯，我不讨厌松田，只是他去年和前年都弄错了礼物，所以很担心今年会不会又出问题。"

"哦，也说不准，不过我觉得不用担心。"

"什么意思？"

"有可能松田就是那种星星下出生的孩子啊。"

"什么呀？占星术吗？"御子柴开玩笑地回应。

就在这个时候，里面跑道上奔跑的驯鹿们开始缓缓地离开地面，似乎要飞天一般，踩着空气飞了起来。它们飞到靠近天花板处，渐渐在空中绕着轨道前进，在御子柴和野村的头顶上移动。

仿佛是痴迷于那美丽的轨道，两个人看着恍惚了良久。

*** 五 ***

驯鹿们的状态都很好。

起初，天空十分晴朗，与其说是黑色，倒更像深蓝色，还能清晰地看到微微闪烁的繁星。渐渐地，夜空中浮现了云朵般的白色，乍一看以为是粉末撒向了地面，原来是下雪了。

御子柴出发前当然看过天气状况，所以他手握着 U 形方向盘并不以为然，雪下得越大，驯鹿越能感知风向，变得精神抖擞。它们一边舔着落在脸上的雪花，一边飞行着。

　　野村果然说得没错，原本担心状态不佳的 J，越是临近圣诞节，身上的毛色反而越发鲜亮，动作也变得更加灵活。

　　此刻便是这样。J 位于两排拉着雪橇的驯鹿的最前方，身姿灵活地转换方向，带领整个驯鹿队伍前进。

　　很快就要到下一户人家了。

　　要走什么路线，要去哪些人家，这些事御子柴早已牢牢记住。不单是御子柴，还有最后一环的工作人员，他们的任务就是掌握这些信息，给哪个孩子什么样的礼物，甚至怎么放礼物，都必须记得一清二楚，不能出纰漏。如果发生意外状况，也要懂得随机应变。

　　驯鹿们低下头，放慢脚步，眼看就要到送货地点了。寒风吹在御子柴身上，还好他穿了斗篷，完全不觉得难受。斗篷的防水、防风效果都特别好，还能反照出周围的景色。只要穿上这件斗篷，人们就看不到他。

　　每次放好礼物之后，送货司机偶尔会故意让孩子们看到圣诞老人的样子。基本上孩子们都会欢欣雀跃，说得夸张些，这可以给他们带来莫大的勇气。当然，他们只是偶尔会那么做，大多数时候还是穿着斗篷，来无影去无踪。

　　雪橇缓缓旋转，慢慢降落。

他们要前往的人家，是个独门独户的院子。这是四十年前开发的住宅区的某一片，其中近六成都住着老年人，剩下的四成，一半是空屋，御子柴要去的地方就在其中。驯鹿们不再用力跑了，御子柴也收起了方向盘，踩住刹车，停在了院子里。一接触地面，驯鹿们就紧紧地挨在一起，围成一个圈。

御子柴从座位上站起，打开如同雪橇后备厢的大箱子，取出一个包装好的礼物。

"我去去就回。"他一说完，A 和 E 转向他，点着头，好像听得懂他说的话。没法证实，也许只是恰巧而已。御子柴一边想着，一边走向两边有着微弱灯光的住宅区街道。走了没多少路，就到了目的地。御子柴摸出护目镜，眼镜上出现了一些小字，显示出他现在所处位置的坐标。他轻轻拍了拍护目镜的边缘，眼前顿时出现一栋房子的轮廓，呈现出高亮的状态。没错，就是这里了。

孩子的房间在二楼的东南方。

御子柴毫不犹豫地穿过那户人家的院子，走近墙壁。他的手放到墙壁上后，有一种被吸附住的感觉，只要他的手套碰触墙壁，就会将墙里的空气抽走。他像个蜘蛛侠似的轻松爬到了二楼。二楼房间的窗户有窗帘，望不见里面的情景。

要是窗户没有上锁，就很容易进去。御子柴伸出一只手试图打开窗户，却打不开，看来没那么轻松。

他举起右手手套，食指前端突起。接着，他顺着窗玻璃边缘往上摸索，很快月牙锁就打开了。他轻轻推开窗户，改变姿势钻进屋内。此时不能有任何动静，他接受了非常多的练习，所以毫不费力。

房间里漆黑一片，没有开灯，还好他的护目镜上有夜视功能，看得一清二楚。随后，他将礼物放在被窝中少年露出来的脑袋边。

御子柴他们并不知道纸盒里面是什么礼物，不过这也不是什么秘密，只要用护目镜查一下清单，马上就能知道。不过他们并不在意，通常只会核对盒子上的 ID 序号是否正确。

少年没有枕头，躺在床上，不知道他正做着怎样的梦。

御子柴进公司已经有八年了，不过每次送礼物时，看到孩子们熟睡的脸庞，仍然会感到心酸。

因为那些能从父母或亲人处收到礼物的孩子，都不是圣诞老人系统的目标对象，而那些会收到御子柴他们送的礼物的孩子，都不太可能生活在温暖的环境中。他们的家庭究竟有什么问题？若家庭没问题，又为什么无法收到礼物？御子柴不清楚详情。公司虽然会调查，但他们大多无法掌握具体情况。

万一不小心得知实际情况，恐怕会有人出于同情，采取预定外的行动。他们必须以眼不见为净的心态，坦然完成所有工作。

虽然希望每个孩子都能获得幸福，可是御子柴心里清楚，这是不可能的。

再说，到底什么样的生活才是幸福的呢？

你觉得幸福吗？

要是这么问自己的话，御子柴也无法回答。他也不认为所有小孩子都是天使。他希望孩子们在有限的人生中，尽可能活得安安稳稳、太太平平，而不是活在恐惧的阴影中。

御子柴站起来准备离开房间，他走到窗户边，小心翼翼地往出钻，生怕夹到窗帘。出来后，他在玻璃上动了动手指，月牙锁重新扣上了，他转身离开了这栋房子。

当他返回到降落地点后，驯鹿们便开始准备起飞。

御子柴握好方向盘，低喝道："出发。"

J 站在角落里，好像仰望夜空一般抬头，随后其他驯鹿也轻踏地面，开始起飞。

接到信号时，他正在顺着气流平行移动。眼前的护目镜开始闪烁，显示收到了通知，御子柴接通之后，将无线耳机塞进耳朵里。

"御子柴先生，实在抱歉。"耳边是松田的声音。

"发生什么了？"

"实在不好意思，我又搞错了。"

他的眼前浮现出松田苍白的脸孔。"嗯哼？"

"我搞错礼物了。"

"又来？"御子柴一笑。

松田拼命解释，语速快了不少。"我的想当然又出差错了。"听他的语气，是在埋怨自己。

　　"所以里面是什么？"

　　"十字螺丝起子。"

　　御子柴忍俊不禁，说："你觉得孩子收到十字螺丝起子会开心吗？"

　　"我听错了。"松田静静地解释，"为什么确认的时候没人发现问题呢？"

　　御子柴问是哪个孩子的礼物，发现正是刚离开的那家的。

　　"你能回去换吗？"松田一问，御子柴立刻否定，"不行，时间有限，我得先送完一圈，回头再去那个孩子那边看看。话说去年也是这样吧？"

　　"嗯，是。"

　　"你是不是已经习惯了？"

　　"别这么说……我也不想这样。"松田像一个被疏离的少年，苦涩地说。

　　"对不起呀，别在意，没事的。"御子柴挂完电话，操作方向盘，驯鹿的飞行速度加快了。夜晚的风，急速回流。

　　御子柴想起野村的话，当他们看着驯鹿接受训练时，野村曾说："松田是在那种星星下出生的，即使犯错，弄巧成拙，最终也会坏事变成好事。"

　　"什么意思？"

"比如他搞错了礼物。"

"他确实搞错了呀。"

"是的，不过有趣的是，往往送错的礼物反而会意外地带来好结果。"

"从结果来看，反而是好事？"

"确实是这样，也许他自己并没有发现，可是公司说不定就是看中了他这个特质。"

这怎么可能？御子柴很快否定了这个看法。他不认为谁会拥有将失败变为成功的这种特质。如果真有的话，又是怎么判断出来的？野村看到御子柴皱着眉，将信将疑的样子，笑着说："刚刚聊天的时候不是提到了驯鹿乱跑导致遥控车损坏的事吗？"

"坏掉的遥控车送到了孩子那里，是吧？"

"其实，那个孩子就是松田。"

"哦？"

"以前，松田还是孩子的时候，就生长在无法收到父母的礼物的环境中，后来就是他收到了损坏的遥控车。如果不是遥控车损坏的话，那一天他就会带着玩具去附近公园玩。"

"所以……"

"正是因为遥控车是坏的，所以他没去。"

"那又怎样？"

"那个公园发生了瓦斯爆炸事件，如果松田那天去了公园，就会受伤。也就是说，在那个时候，他就已经……"

"拥有因祸得福的能力？"

"也都是传闻罢了，不过对于松田犯的错，就算公司有人发现了，无论哪个部门都会视而不见，这是真的。"

御子柴觉得野村是在说笑，本想置之不理，可听野村的语气又不像是在说笑，反而露出迷惑不解的神情。御子柴觉得传闻似乎不是空穴来风，他一下子不知道怎么反应了。

难道，他真的又犯了这样的错误？

御子柴望向刚才那栋房子，然而驯鹿一路前行，他也将视线转了回来。

$$*** \quad 六 \quad ***$$

清晨，少年闻到了枕边礼物包装纸的气味，醒了过来。

他每次醒来，系在脚踝上的锁链就会发出动静，他已经慢慢习惯了。锁链的另一头，捆绑在衣柜里的金属柱子上。

他支撑着身体，把包装好的纸箱拉了过来。少年并没有意识到，今天是圣诞节的早上。母亲将他锁上，头也不回地离开家门已经好多天了。衣柜里有简易马桶可以用来上厕所，可是少年已经没有多少力气了，母亲也没留下多少食物，他感到自己的意识在日渐模糊。

一个人办不到

目前的状况就是，他已经清楚地明白，自己似乎只能一直睡到死。

少年不明白，母亲为什么会离他而去，他自己还无法接受被母亲抛弃的现实，只能茫然地饿着肚子。

他无意中打开了箱子，毕竟也没有其他事可做。他有些不可思议，为什么纸箱里会有十字螺丝起子这种工具？看到这个，他不由得发愣。

不过，当少年弯了弯膝盖，看到眼前发出响声的锁链以及自己脚踝上的锁头时，下意识地将手上的十字螺丝起子移到了锁头上。当他发现起子和锁头完全吻合的时候，他用尽所剩不多的力气，开始拧动起子。

*** 七 ***

梨央挂断母亲的电话后，马上报了警。

"是事件还是事故？"警察淡定地询问着。

梨央激动地说："是事件。"此时儿子礼一依然在哭闹，她把手机夹在耳朵和肩膀间，抱起礼一，使劲安慰。才两岁的礼一还挺重，她只能不停地哄，希望儿子不要再哭闹。

忽然门铃响起，梨央的心跳加速。

"快来救我啊！"她惊声尖叫，手机掉落。她连忙捡起地上的手机，却也没有工夫放到耳边了，只能赶紧抱着礼一走向玄关。外面有人正在试图用力拉开门，尽管门锁上了，可是按那个人无比野蛮的拉门节奏，没多久就会扯开有问题的门锁。

已经无处可躲，梨央望了望身后的窗户，心想从三楼跳出去不现实。她马上想到有没有武器可以防身，一想到厨房有菜刀，就立马冲了进去，拉开抽屉找。此时她的力气竟然出乎意料地大，抽屉整个儿都被拉了出来。为了保护礼一，她急忙后退，却撞上了餐具柜。礼一的哭声更大了，室内如同狂风暴雨。她哭了，只想蹲下去，想依赖自己的母亲。但是她随即意识到自己也是一个母亲，最终还是鼓起了勇气。

门口传来巨大的响声，这种动静想必也会让邻居意识到不对劲吧。

她惊恐地发现，有个男人拿着一把长长的菜刀无声无息地进入了室内。

沟通是不可能的了，男人穿着西装，大幅度地喘着气，让梨央感觉到这就是一只可怕的野兽。此时她反而想背水一战，不管怎样都要活命。

她抱着礼一冲出了厨房。听到男人穿着鞋子走到走廊，梨央马上关上了客厅的门，挪动沙发准备堵住门，然而因为手上抱着礼一，让她无法使上劲。

巨大的声响传来的同时，客厅的门如同弹开般被向内打开。梨央连忙挨着墙壁躲避，然而礼一还是又哭又闹。梨央看到男人拿着菜刀朝着室内移动，趁着男人不注意，她一下子掠过他，冲到了客厅，跑到了门口。她感觉到男人在后面紧追不舍。

跑到了公寓三楼的走道上，邻居家的门口出现了一个人影。看来是邻居被吵醒了，梨央丝毫不觉得抱歉，反而看到了希望。有别人出现的话，应该可以制止这个男人发狂了吧。

可是，出现在她眼前的只是个小孩子。这么晚了，这个穿着睡衣的小学生为什么会在走道上？梨央感到莫名其妙。不知不觉间，怀里的礼一已经停止了哭闹，似乎梨央不断移动反而对儿子有了安抚的作用，他在她怀里睡得正香。

"啊？"邻居家的小孩看着梨央发愣。梨央想起这户人家是单亲家庭，每晚都只有儿子一人在家。

"你有没有见到圣诞老人？"

"啥？"

"我刚一睁眼，就看到圣诞老人从窗户飞出去了，所以才过来追赶。"这小子估计睡糊涂了，说着莫名其妙的话。

"圣诞老人？"梨央反问后，想起了今天是圣诞节。

忽然，她感到一阵寒意，一回头，那个如同野兽的男人已经站在身后，手上握着长长的菜刀，透着不真实的感觉。

"现在很危险啊！"梨央匆忙对开始拆礼物包装纸的少

年说。

少年就这么站着打开了纸盒，梨央也没时间提醒少年这样很失礼，只能自己挡在前面，作为礼一和少年的保护者。

"这是什么呀？！"这时，少年从盒子里拿出了一块相当大的铁板。

"这不就是块铁板吗？"

梨央看着少年，轻轻将礼一放在一边，二话不说拿起那块铁板，立即往身后冲去。

男人拿着刀砍了上来，却一刀砍在了铁板上，发出巨大的响声后，刀弹开了。趁着男人重心不稳、头晕目眩的空隙，梨央举起了铁板狠狠朝着男人的脑袋砸去，砸得他当场晕厥在地。

确认男人还有呼吸后，梨央一下无力地坐在地上，不停地喘着粗气。她对少年说："可能是圣诞老人搞错了吧。"

"白痴圣诞老人！"少年不快地抱怨。

"我会买玩具作为礼物送你的。"梨央这么一说，少年发自内心地笑了，说："好的呀，那我问问爸爸。"

梨央还是对眼前发生的一切感到茫然，搞不清楚状况。她拿出手机准备打给母亲，这时她看着身后的少年，心想：难道真的有圣诞老人？不过很快她就觉得不可能，圣诞老人一个人要给全世界的孩子送礼物，这根本不现实。

彗 星 们

新干线 E5 系列的浅绿色车身正往这边驶来。

我站在月台边，眺望着列车的正面，感觉新干线的正面好像绿色的胖企鹅。为了迎接新干线的到来，我双手放在身前交叠行礼。不仅是我，我们队的其他工作人员也是一样的动作。大家分别站在月台上各车厢停下的地方，迎接新干线列车到站，彼此之间都相隔等距离，并排站着行礼。以行礼作为开始，以行礼作为结束，我喜欢这种方式。

"妈妈一天多的时候，要搭乘二十次左右的新干线，却一步也没有离开过东京站。这是为什么呢？"

小学三年级的女儿里央曾在叔父葬礼上，亲戚共聚一堂时这么说过。

"因为妈妈的工作是负责打扫新干线的车厢。"

进入靠站的新干线列车内进行打扫，在列车出发前下车，这就是我的工作。

听到里央的回答，大家都哈哈大笑，只有坐在一旁的母亲脸有些抽搐。可能对她来说，并不喜欢我做打扫卫生的工作吧。

母亲倒也不是好面子的个性，并非希望我做精英，只是因为我和姐姐从小学习成绩就很好，所以对我们一直抱有期待。她的期待是否就一定和幸福有关联，这个且不说，但在母亲的心中，肯定想象过我们考上"好大学"、进入"好公司"、嫁个"好老公"的愿景。没想到事与愿违，如今我是三十岁离了婚的单亲妈妈，与小学三年级的女儿一起生活，这无疑让母亲很失望。

两年前，我跟母亲提起要做新干线的清洁工作时，她叹气道："为什么要做那种工作？"这反应当然让我感到不舒服，不过也没有说什么。我和母亲以及姐姐不同，从小我就无法用语言顺利表达自己的感情，即使想说什么也会词不达意，又很明白我支支吾吾的表达会让对方感到不痛快，就更加开不了口。与其这样，还不如就别表现出想要向对方传达自己的情绪，这样反倒更省事。我总是似是而非地附和着说话对象，即使偶尔想表达什么感想，说出口的也都是不经大脑思考的话，真是不可思议！我怀疑我将想法转化为语言的大脑回路有问题。

离婚之后，前夫提供的赡养费无法维持生活，于是我打算去做新干线列车的清扫工作，同时也是考虑到这种工作不怎么需要说话，只要安静打扫就好。

"如果你们觉得只要负责清扫就好，那是无法胜任这份工作的。"我兼职打工研习期间，鹤田主任曾这么对我说过，好像看穿了我的内心想法一般。

鹤田主任五十多岁，身材中等，乍一看似乎是个慢条斯理的女人，不过她始终挺直了脊梁，不苟言笑，像个严肃的指挥官，这让我想起小时候教我书法的那位老师。

实际上，新干线列车的清扫工作确实不仅仅是打扫。按照谷部专务的话，我们的工作是一种"招待"，是"为了让乘客舒适地乘坐新干线"。

"不过说白了还是打扫。"说这话的是一个五十岁的男人，名叫六郎先生，和我同时期被录用的。六郎先生就是人们说的缺根筋的人，他聊天的时候主动说出自己有严重的痔疮，所以放弃了做出租车司机。他想到什么就说什么，这倒是和我截然相反。

研习第一天结束，他一脸不耐烦地说："行什么礼嘛，跟清扫工作又没关系。"然后还问我，"你也觉得是吧？"

我有些尴尬，难以回答，只能语意模糊地回应："这个不好说……"

"什么也不说就进入车厢打扫，做完又悄悄出来，不就搞得像在做什么坏事一样吗？"鹤田主任不带笑容地解释。

"打扫不就是这样的吗？"

鹤田主任摇摇头，说："打扫是人类生活中必不可少的一部分。六郎先生，干净整洁的新干线和脏兮兮的新干线，你想坐哪一个？"

"当然是干净的啊。"

"是吧。大家坐干净的新干线感觉很舒服，不是吗？要让事物维持干净其实很不容易，弄脏却轻而易举，只要活着就会脏。不需要额外做什么，东西自己也会逐渐变脏，荒芜。所有干净的地方，必然是因为有人弄干净的。当然这也没什么了不起的，我不觉得特意让接下来要坐车的乘客注意到是我们把车子弄干净的有多重要，只要让乘客们了解到我们从未松懈就行了。"

"我觉得稍微放松一点也是有必要的。"鹤田主任忽然严肃起来，"你们听说过这句话吗？"

"什么话？"

"总是尽力而为，该看到的人总会看到。"忽然冒出这么一句话，把我吓了一跳。六郎先生也好像被竹刀对准似的，颤抖了一下。

"这句话，是美国鲍威尔国务卿的名言。"鹤田主任的表情多少缓和了些。

在小布什总统任职期间，我经常在电视上看到鲍威尔国务卿。我当然没亲眼见过他，更别说有多熟悉了。后来我得知，鹤田主任非常喜欢读鲍威尔国务卿写的书。

"总是尽力而为，该看到的人总会看到，话是这么说……"六郎先生叹了口气，"到底谁会看到我的努力呢？"

"也许某天，也许某人，总会看到的。"鹤田主任回答，"所以，要认真行礼啊，六郎先生。"

"二村小姐，工作习惯了吗？"这份工作做了十天左右后，鹤田主任问我。此时，我正在打扫哺乳室。

"嗯，那个……"我又支支吾吾说不出话来。我在心里回答，相对来说习惯了不少，不过还是远远不够。

"二村小姐是不是有个女儿？"鹤田主任换了个话题。我就说每天把女儿送到小学上学后，我会骑自行车，然后乘坐电车，赶到东京站的工作地点。我的话有些文不对题，不过鹤田主任没有显露出不耐烦，这让我由衷地感激。聊着聊着，我把自己离了婚独自抚养女儿的事情都告诉了她。

"二村小姐也很不容易呀。"我不知道她指的到底是离婚，还是上班不容易。

"还好，大家都不容易。"我也不是客套，这世上有很多在保育院和职场之间来回奔波，承受着工作压力，备受生活折磨，还要耐心照顾孩子的父母；也有由于种种缘故没有配偶而独自生活的人，相比他们而言，我不算辛苦。听我这么说，鹤田主任点了点头，说："可是也不能因为世上有比自己更惨的人，就觉得自己不应该感到辛苦。不然每个人都难免会想，和国外某些饱受饥饿折磨的人比起来，我这点辛苦算什么。"

"是这样的吗？"

"嗯。但是，也不要觉得自己是最辛苦的，或者只有自己在辛苦工作。"

"嗯，好的。"我感觉自己能理解鹤田主任的话，不由得问道，"那么我的辛苦程度大概可以排在多少位呢？"

鹤田主任稍微歪了歪脑袋，回我："一千位左右？"看她的表情，我也不知道她是开玩笑的还是认真的。总之，我还是点点头说："很意外，还挺靠上的。"

"嗯，保持这种心态就好啦。"

那次之后，我对她坦白过自己对这份工作的担忧，因为我不擅长与人沟通，而且我本来也以为只要把车厢打扫干净就可以了。

"二村小姐，这份工作，用一句话概括，你知道叫什么吗？"

一句话概括？打扫卫生，不是吗？难道是招待？我觉得有点难以回答。

"那就是，一丝不苟。"她果然很像我以前的书法老师，就连她说话的语气都像书法老师在讲解书法的基础是提、按、使、转。

"一丝不苟？"

"你看'打扫'这个词本身，不就有'要尽量做到一丝不苟'的意思吗？也有'整理、整顿'的意思。当新干线到站的时候，大家都会认真行礼，打扫结束的时候也会行礼。大家都是在有限的时间内一丝不苟地做好打扫，这就是我们的工作。我觉得，二村小姐是能够一丝不苟地做好事情的人。"

"啊，是吗……"我有些发愣，心里想：如果是那样的话，我应该可以做到。就算无法跟他人解释，也无须找什么借口，只要将该做好的事认真做好就行，这对我来说反而很适合。

读书的时候我也很认真，在学生时期认识比我年纪大的恋人，结果意外怀孕，当时就觉得务必要生下来养育大，这是我该做的事。所以我退了学，结了婚，开始养育孩子。虽然我可以想象到周围的人都觉得我有些乱来，可是我觉得自己应该这么做。

鹤田主任继续说："二村小姐，大部分人做了一个月左右就会辞职，等做了一年后，大概只有两成的人会留下来。不过就像谷部专务经常说的那样，撑起这家公司的，就是剩下的这两成人。"

"是。"

"尽管只剩两成，却都是值得信赖和可靠的人。"

"是……"我愣愣地回答。也许是"信赖"和"可靠"这两个词鼓舞了我，我感到心中有微弱的光芒在闪耀。那道光芒的本体，就是我渴望成为那样的人，那种值得信赖、可靠的人。我心里这么想着，说出口的却是："曾经也有人告诉我，我可以依靠他。"这句话有些偏离话题。

我希望成为能让人信赖、依靠的对象，脱口而出的却是"曾经也有人告诉我，我可以依靠他"。

"依赖谁？"

"我的前夫。"

当我发现自己怀孕的时候，比我年长的他说："你可以依靠我，我们结婚吧。"他并没有说谎，也不是敷衍我，说那句话的时候恐怕也是真心实意的。可是，他喜欢的其实是那个表现出来的有气魄的男子汉形象，当他下定决心说出这句话的瞬间，内心固然得到了满足，却并没有能够维持这个状态的喜悦。

"我们结婚吧。"这话说得是很有气魄，可是婚姻生活和养育孩子本身就枯燥乏味，需要的不是气魄。

"你也是经历了不少呀。论辛苦，可以排到世界一千名。"鹤田主任倒不是调侃，神色很认真。

听闻鹤田主任昨晚倒下了。

早上，如同往常一样，我到东京站的办公室出勤，领取工作安排表，然后去开早会的时候，发现一直是会议核心的鹤田主任不在场。

所长桓崎先生过来跟大家解释道："鹤田主任昨晚倒下了。"素来腰杆笔直、干脆利落的桓崎所长，可以说是谷部专务的左膀右臂，也可以说是运动队伍的指导教练。

"今天由我来暂代她的工作。"

"感冒了吗？"比鹤田主任年长一些的今年六十岁的笹熊阿姨问。虽然笹熊阿姨的身材跟姓氏里面的笹和熊的组合并无关联，不过她看起来肉乎乎的，满脸笑容，圆圆的脸，像个熊猫一样。跟有着书法老师气质的鹤田主任相反，她的性格非常爽朗，喜好闲谈。她丈夫在她快满六十岁时离开人世，此后她便来到这里打工。

"小鹤昨天回去的时候明明还挺精神的。"

"具体情况目前还不清楚，好像是脑溢血。她倒下后就直接被送去医院了。"桓崎所长说。

"脑溢血"这个词仿佛伴随着沉重的闷响，让我和众人顿时都陷入沉默。

"鹤田主任是一个人住的吧？"说话的是个子很高的市川君，他年纪比我们都小，二十来岁，皮肤很白，总是弓着腰，有些驼背的样子。刚来的时候，他总是背对着大家，几乎不讲话，还会咬指甲。最近他倒变得会主动交谈起来，如果是自己喜欢的话题，还很能说。

"正好邻居找她，看到后就马上送到了医院。"

"人没事了吧？"六郎先生问。刚来的时候他总是怨言很多，老想偷懒，我本以为他不久就会辞职，不承想他也成了"值得信赖、依靠的两成"中的一员。我看人的眼光果然不准。

"好像意识还没有恢复。"桓崎所长说这话的时候，语气有些沉重。

"啊？"年近半百、几个月前过来打工的三津子用手掩住了嘴巴。

"脑溢血"这个名词很沉重，"意识没有恢复"听起来也很沉重，我们都陷入了沉默。

"不过，总之……"笹熊阿姨像自言自语一般，发出嗯嗯的声音，兀自点着头，说，"大家今天也要努力工作！"

＊＊＊ 二 ＊＊＊

到站的新干线列车打开了车门。我站在二号车的出口月台，等待乘客陆续下车，打开塑料袋，准备回收垃圾。有的乘客完全对我视而不见，也有人顺手将纸杯丢进垃圾袋，有人说着"谢谢"把杂志放了进来。有些人这次虽然举止粗鲁、随意丢过来垃圾，可是下次却会很礼貌地打招呼。这世上有形形色色的人，各自有不同的生活，以及各种不同的人生阶段。

"从招待客人的角度看，我们的工作虽然和迪士尼乐园很相似，但是有哪些地方不同呢？"谷部专务这么问过。

"啊，我知道。"六郎先生抢答似的说，"那边有很多游乐设施，我们这边只有新干线。"

"不是的。"谷部专务摇摇手。

"我们这边有喝醉酒的人。"三津子举手回答。她前几天打扫车厢的时候，喝醉的乘客纠缠她，让她尴尬不已。醉汉紧紧抱着她，使她无法动弹，全身僵硬。负责检查的鹤田主任恰好经过，连忙把那个醉汉给拉扯出来。

一回到员工办公室，三津子马上表示了感谢："幸好鹤田主任冷静地处理，才让我脱困，实在感谢！"

鹤田主任苦笑道："我也在新干线上遇到过色狼。"

"哎呀，小鹤也遇到过吗？"笹熊阿姨的反应有些夸张，"然后呢？"

"走道另一侧的一个男人帮了我，他就像功夫电影里那样喊着'我打——'，然后出了手……"鹤田主任的神情很认真。

"我打——"那个是虚构的吧？我当时是这么想的，不过也没问出口。倒是其他工作人员问了出来："鹤田主任，

'我打——'的部分是真的还是假的？"

有些扯远了，还是回到谷部专务的问题上。

"我们跟迪士尼乐园的不同之处……"谷部专务特意强调，"到迪士尼乐园的客人都是为了得到快乐，为了寻找感动，为了暂时忘记日常生活中的烦心事，度过一段愉快的时光。而新干线截然不同，并非每个乘客的心情都很好，有的可能遭遇重要的亲友去世，心急火燎地搭乘新干线；有的可能是去参加大学考试或求职活动；有的是工作上出现失误，前往外地赔礼道歉；也有第一次乘坐新干线而感到兴奋的孩子……也就是说，我们不是为了让客人感动或者快乐而工作的。"

听谷部专务这么一说，我们都有种恍然大悟的感觉，想了想，确实如此。可是，既然如此，我们应该怎么工作才合适呢？

谷部专务说："不，不必刻意做什么事。一如既往，一丝不苟地完成工作就行。"

我从二号车的一端开始打扫。没有时间思考其他，只是一心一意地做手头上的工作。

这列 E5 系统的"疾风号"列车是往返运行的，在此停留十二分钟后，就要前往新青森。

到站的乘客下车的时间大概是两分钟，上车的乘客大概要花三分钟，除去这五分钟，留给我们的打扫时间是七分钟。我经常光顾的面包店的年轻店员告诉了我一个冷门小知识，这个时间就相当于听七次 *love me tender* 这首歌。

七分钟内，每个人负责清扫一节车厢。只有商务舱是三个人打扫，另外还有人专门打扫洗手间，大家同时作业。

"比起家务事，这里的工作像个梦。"笹熊阿姨感慨过。

"家务事从来都是堆积如山，都留给我一个人做。虽然很厌烦，可也无可奈何。不过在这里打扫，大家都会一起分担，不是吗？"

我对此深有同感。每天叫孩子起床、给她换衣服、准备早饭、催她做好上学的准备，然后送出门。之后我要拿吸尘器吸地、洗碗、洗衣服、洗浴缸、买食材。等女儿放学回来，让她去洗澡，陪她说话，陪她睡觉，督促她不要一直盯着电视、去做作业，说得我口干舌燥。另外，整理学校的联络簿以及和其他家长的联络簿，在女儿的体育服上绣名字……每天都有不得不做的事，每天都有不断冒出来的怪物，光是忙着赶走它们就让我精疲力竭。等到一天结束，看着女儿入睡的脸庞，又会想着该对她更温柔一点。每晚告诉自己，明天开始做个更好的妈妈，可是当第二天到来的时候，又会忙着处理家务事和工作上出现的怪物们，忙得不可开交。

我常常想，再多一个我就好了，在有限的时间里能帮我分担些。

新干线的清扫工作就可以办到，因为大家会同时分担工作。

我走在二十五米长的车厢走道边上，回收垃圾。与此同时，我的眼睛会看向前面那节车厢。研习期间，领导曾教授过我们从比较远的地方可以更方便地确认椅背的网袋是否有垃圾，这个确实很有用。我回收完垃圾，开始擦拭座位，然后放下餐桌擦拭，再把椅背回归原位，最后擦拭扶手和窗边。

一共二十排，一百个座位。

全部擦拭结束后，就用拖把清洁地面。

"我们好像在给一条巨大的龙做清扫。"市川曾这么对我说。他平常总是咬着指甲，说话含混不清，难得会主动跟我说话，让我有些意外与惊讶。可能是因为当时我离他最近吧，我也想不到其他理由了。市川似乎是在家里做着漫画还是电影或者小说之类的创作，也许是这个缘故，当他聊起东方的龙与西方的龙时，就显得很兴奋。

"不觉得新干线很像一条龙吗？这是它长长的身体，大家一起清扫它的身体。"

这种联想有什么意思吗？我不太明白，不过还是"嗯嗯"地点着头应付，没想到市川还想继续这个话题："啊，不过我们的工作是打扫车厢内部，感觉就像是在龙的体内打扫，可以说是内脏吗？"

"啊，嗯嗯。"

"这么一想的话，打扫厕所也很有意思，可以想象成龙的粪便。"

"嗯，嗯。"

所以，我是在龙体内走来走去吗？我继续拖着地，完工之后还要去确认行李架上的情况。

在最前面那排的三人座中间，我看到有个红色的东西。

"啊。"我伸出手拿起来一看，惊讶地叫了一声，那是一只小小的袜子。

淡红色的袜子上有三根白线，看样式不像是买的，很可能是手工织的。尺寸要比一般孩子穿的小一些，估计是一两岁的小孩穿的。颜色是红色的话，应该是女孩子吧。小孩子在感到热的时候会不知不觉脱掉袜子，我家里央就常常光着一只脚。

*** 三 ***

清扫工作结束后，就要做最后的行礼。也不是像舞台谢幕那么郑重其事，只是全体工作人员背对新干线列车并排站着行礼。

有些人会注意到我们行礼，有些人则根本没注意到。就像鹤田主任所说，我们本来就没必要吸引人注意，更没必要鬼鬼祟祟的，我们需要做的，只是一丝不苟地完成自己的工作而已。

距离下一班要清扫的列车到来之前还有相当长一段时间，我们一起离开月台，走下楼梯，准备回员工休息室。

回去的路上，我与一位正在上楼梯的女子擦肩而过，注意到她怀中抱着的孩子的脚，纯粹是我眼睛向旁边看的时候无意中看到的。小孩的右脚是光着的，左脚却穿着红色袜子。

"啊！"我不由自主地叫住了她。

对方立刻驻足，问我："有事吗？"说着还皱了皱眉。这个女子的皮肤紧致细腻，富有弹性，显然年纪并不大，却透着一股疲惫。她怀中的孩子两岁左右，正是最任性的年纪，无法与之交流沟通，做父母的只能忍受着等她长大。我在她身上看到了几年前的自己。

"那个，这东西……"我从收纳遗失物品的塑胶袋中拿出了那只袜子。

"啊！"女子有些防备的表情总算缓和下来。

"是落在车上了吧？"我对比了一下小女孩的脚，错不了，就是她的袜子。

"太谢谢了！"女子忙说。

我帮小女孩穿上了袜子，她对我说："这袜子是我婆婆亲手织的，如果搞丢了一定会让她很生气，感谢你帮我捡到了。"她的语气听起来是轻松的调侃，不过我感觉得到是她的心里话。

"啊，是吗？"我前夫的母亲早已去世，所以没有被什么婆媳关系所困扰，不过我也能想象出她的辛苦。

"你是车站的工作人员吗？"她看了看我的服装问。

"啊，是。啊，也不是，我是打扫新干线车厢的。"我语无伦次地回答。

我们的制服乍一看很难分辨是不是清洁工，这点跟以前不同，以前的衣服一看就知道是负责打扫的阿姨，颜色比较沉闷，再配上水桶和拖把，就更明显了。谷部专务进入公司后进行的第一项改革，就是改变制服的设计。如今我们穿着白衬衫、黑长裤，头戴鸭舌帽，腰间别着红色腰包，清扫工具也都变得非常轻便，不需要再提着水桶来来回回地跑。

"那个好可爱啊。"女子指着我的头上。我们的鸭舌帽旁别着一朵大花，对应现在的季节，别的是扶桑花。

"啊，是的，花随季节变化而不同。"

"还蛮有趣的。"

"嗯，不，没错。"我又开始语无伦次。

忽然，我条件反射一般地想起一句歌词："加一汤匙的糖。"

　　来这里工作不久，有一次，我回休息室拿东西，看到鹤田主任一个人哼着歌收拾着东西。平常都是不苟言笑的鹤田主任，难得也有哼着小曲的可爱样子，我觉得很新鲜，同时也有些尴尬，好像是见到了什么不该见的事物。于是，我就屏气凝神，悄悄溜了出去。

　　后来，我在网上搜索听到的歌词，原来她哼的是电影《欢乐满人间》中的歌曲。话说我还真是怪无聊的。

　　"加一汤匙的糖，就能吃得下苦药。无论什么花都有花蜜，只要找到快乐的方法，痛苦的工作也能变得有趣。"

　　听着这首歌，我觉得歌词里所说的和这边的工作有相通之处。在鸭舌帽上别花，是大家一起想出来的主意。还有在哺乳室里摆放一些小玩意儿，也是希望为使用者创造轻松舒适的环境。与此同时，我们也从中得到了快乐，有了继续工作的动力。

　　向来兢兢业业、备受大家信赖的鹤田主任，也是因为这一汤匙的糖，不断坚持着吗？我不禁感到有些意外。

　　"这次真的谢谢你了。"抱着孩子的女子对我道谢，可能是有些不舒服，她看上去脸色不太好。

　　下楼梯的途中，我走到专门通往员工休息室的出入口，跟那对母女道别，回到了休息室。

　　休息室位于月台下方，是一个细细长长的房间，每支队伍都有专门的休息室。当我走在通道上时，新干线在我头顶斜上方的轨道上穿梭而过。无论什么时候看到这光景，我都会感到不可思议。虽然只是下面一层的空间，却如同一条秘密通道。打扫完各自负责的车厢后，大家都会回休息室，等下一班列车的到来。

一天的工作结束前，我们会穿梭于休息室和月台之间。

休息室里并排放置了好几张大桌子，我们都会坐在固定的位置上，这感觉好像小学生的班级一样，不过我们都会换位子。这也是为了防止关系好的人抱团，影响队伍团结。小时候，我就很难融入班级之中，总是躲在角落自顾自地读书。对于公司的这种方式，我一方面觉得很庆幸，另一方面觉得有压力。然而随着时间的流逝，大伙儿慢慢主动来跟我说话，我也和大家逐渐亲近起来。

"刚刚那班新干线上……"坐在我面前的三津子提起话头，"有一对小学生姐妹留在了车厢里。"

* * * 四 * * *

三津子刚才负责打扫的是我隔壁的车厢——三号车。等乘客都下车后，她进入车厢作业，刚要开始打扫，发现有两个小女孩坐在三人座上睡着了。

很多乘客在列车抵达东京站时，都会因为睡得太熟而忘了下车。但是看到两个小孩子睡在那儿，三津子还是有些惊讶，慌忙叫醒二人。

两人穿的衣服算不上时髦，比较土，或者说有点过时的感觉。因为两人穿的衣服是一个款式，所以应该是姐妹俩。

姐姐先睁开了眼睛，一下站起身来左右张望，惊呼道："啊，东京？"说着回头摇晃起妹妹。

"不是跟妈妈或其他人一起来的吗？"三津子很担心，莫非孩子的父母先下车了？或者说有别的什么情况？

"嗯，今天只有我们俩来东京。"

"就你们俩？"只有孩子的旅行并不稀奇，可是三津子还是觉得这对姐妹有些不一样。她们好像什么行李都没有，只穿着一身衣服就从家乡坐车过来了。

"听说爸爸在东京，所以我们来这儿找他。妈妈现在在医院。"听姐姐这么一说，三津子更加担心了。

"莫非，你们是瞒着别人跑出来的？"

三津子一问，姐姐点点头。

"车票呢？"

"买了，用我们的零花钱，还有压岁钱。"

"你们俩没问题吗？你们要找爸爸，东京可是很大的。"

姐姐一脸认真地说："没问题，总会有办法的。"

"喜欢爸爸吧？"三津子问。

姐姐摇了摇头："他老是动不动就打我们，好可怕的，还自以为是，我们非常讨厌他。"

三津子顿时不知道说什么了。

"但是，他不在的话日子不好过。"姐姐似乎在对三津子说，"我们能找得到吧？"三津子明白姐姐的心情，鼓励道："没问题的，肯定找得到。"

这种情况下，三津子也只能这么回答。随后她又补充道："那个，无论发生了什么事，事情总是没有想象中那么糟糕。"

"嗯。"姐姐听得有些云里雾里的。

"到了第二天，事情多少都会变好的。"

这是鹤田主任对我们说过的话。

此时三津子坐在我的正对面，盯着我的眼睛讲述着。

无论发生了什么事，事情总是没有想象中那么糟糕。到了第二天，多少都会变好的。

"这原来是那个……那个啥国务卿的话。"

"鲍威尔国务卿。"六郎先生马上接话。

"哎哟，六郎先生也很了解嘛。"

"因为小鹤很喜欢那本书嘛，就一直推荐我看。"

"我也是。"三津子苦笑道，"最后我还是买了一本。"

一想到鹤田主任现在还没恢复意识，昏迷不醒，就算没有亲身感受到，内心也很落寞。我想其他工作人员应该也是如此吧，大家又陷入了沉默。

这时，星山小姐来了。

星山小姐是彗星管理者（comet supervisor）中的一员。与我们这些只负责清扫的人不同，她的主要工作是负责给乘客指路以及打扫公共大厅，穿的制服也和我们略有不同。我们和她之间没有上下级关系，只是按照分工不同，分为清洁人员和彗星管理者。因为英文中的"comet"是"彗星"的意思，也叫"扫把星"，与扫把有关，所以我们这些清洁人员都可以称为"彗星"。

"哎哟，星山小姐，你怎么来了？"六郎先生对她挥手。

星山小姐身材修长，皮肤白皙，一双迷人的大眼睛，虽说四十多岁了，不过看起来就像个模特。以六郎先生为首的男性员工都很爱慕她，看她的眼神都是闪闪发光的。

听说她和同龄的丈夫过着二人生活，性格非常爽快，女员工也都对她很有好感。

"好像出了点事，有人吵起来了。"

*** 五 ***

本来这事是六郎先生碰到的。他打开垃圾袋，在六号车的车门旁等待乘客下车时，最后两位女乘客忽然慌慌张张地冲了出来。

“那两个人，一个三十五岁左右，一个不到三十岁。”六郎先生特意这么对我们说，似乎是在卖弄自己的眼力。

正在六郎先生准备上车打扫的时候，刚下车的两个女乘客中较为年轻的那个忽然转身返回车厢，嘴上还嘀咕着："不行，我还是得回去。"就在这个时候和六郎撞在了一起。

六郎先生被撞了出去，一下失去平衡，眼看就要倒地的时候，好不容易才站稳脚跟。年轻女子的鞋也撞掉了，呻吟着："好痛！"

六郎先生连忙低头道歉："实在是不好意思。"

“我以前是开出租车的，我知道这种时候不得不对客户先低头。”

其中年长的女子立刻向六郎先生道歉："不，是我们撞你的。"说完，她赶紧拉回年轻的女子："你不能上车。"

"为什么不行？这班新干线是往返的吧？"年轻女子说。

“我们只有到东京的车票，你上车也没用。听好了，你现在回去的话，真的会竹篮打水一场空。”她紧紧拉扯住年轻女子的手臂，皱起了眉头。

什么情况？六郎先生感到困惑的时候，正好星山小姐带着一对老年夫妇来到月台，经过这边。六郎先生顺势请星山小姐帮忙处理，自己进了车厢打扫。听说设立彗星管理者这个岗位的初衷，就是当清洁人员遇到麻烦的乘客，无法应付时，有个机动小队可以应对。

所以，星山小姐现在过来是告诉六郎先生后续的发展的。

"听她们的对话，好像是姐姐硬要把妹妹带来东京。"

我们都坐在旁边，自然而然地听起了这件事。

"硬要把妹妹带来？"

"那个姐姐想要帮妹妹，才把她带来的。"

"星山小姐，有什么内情吗？"市川问。

"我也只是根据两人的对话猜的，那个妹妹住在东北地区，有个会家庭暴力的老公，是个很差劲的男人。"

"唉……"顿时有几个人同时叹气。

为了能够让妹妹离开家庭暴力，姐姐特地坐新干线去接妹妹来东京。然而一到东京站，妹妹又想到丈夫的可怕。"我这么做老公会生气的。"说着她慌了起来，想要赶紧回去。与其说是自我意识，不如说是被丈夫的暴力给洗脑了。

"姐，你就别管我了，我又不是小孩子，就让我回去吧。"妹妹在星山小姐面前如此诉说，"我姐姐一直以来都在代替父母照顾我。"

"那个姐姐什么感受？是生气，还是无语？"笹熊阿姨倒不是八卦的语气，只是想问清楚。

"姐姐很伤心的样子，不过好像也料到了。"星山小姐慢慢眨了眨眼，说，"她还是努力想说服妹妹，不要再回到那个会使用暴力的丈夫身边。连我都不自觉地站在姐姐那一边了。"

妹妹提高了声音对姐姐说:"你对我的生活指指点点,自己却被未婚夫毁了婚约,难道你不失败吗?"星山小姐忍不住想,多半是因为有这个妹妹,她才无法结婚。

"姐姐有一瞬间似乎想说什么,不过还是咽了回去。我真的觉得她很了不起。"星山小姐感慨。

"结果怎么样了?"

"姐姐还是努力劝说妹妹,好说歹说把她带走了。"

"真是不容易啊。"三津子环抱双手,叹气道,"也不知以后会怎么样。"

星山小姐正要离开时,忽然好像想起什么,回头问:"说起来,最近是不是在办什么化石展览会?"

我还奇怪她怎么突然问这个,原来是刚刚有一群中年妇女来问她月台到检票口的路怎么走,得知路线之后又问:"'人类起源展'要到哪里去看?"

"起源展?有那种东西吗?"笹熊阿姨看着大家问。

"是不是在什么美术馆?"三津子说,"那啥,就是有《维纳斯的诞生》那幅画的展览。"

"啊,那个,我去参观过。"市川答,"那幅画是第一次来日本。"

"来日本?那幅画又不会自己走过来。"听了六郎先生的话,我有些呆呆地想,毕竟是人把它搬运到日本来的。

"呃，和维纳斯没有关系，不是在美术馆，是在博物馆。"星山小姐笑着说。

"人类起源，是指原始人吗？"

"啊，莫非是克罗马农人？"市川提高音量，"是指原始人吧？那什么化石来着？"

"是的，是的。"

"哦，那是在上野吧。我刚才在一号车的地上捡到了一张海报，不确定算不算遗失物品，反正就收起来了。"

"无法判断是遗失物品还是垃圾的东西最麻烦了。"六郎先生叹了口气，"以前小鹤常常这么说。"

"鹤田主任现在情况怎么样了？"星山小姐也很关心。

"不清楚。"笹熊阿姨抿了抿嘴，"不快点回来的话，大家都很担心。"

"小鹤不在，工作都没有干劲了。"六郎先生说，大家纷纷点头表示赞同。

"刚开始这份工作的时候，我也得到过鹤田主任不少指导。其中有一句话，我一直记在心中。"星山小姐一字一句地说，"重要的是，保持冷静，保持亲切。"

"向来坚强的星山小姐，对你说这话，只是随口一说吧。"

"不，正好相反，我是听了这话才意识到要保持冷静、保持亲切的。"

这时，三津子突然出声道："啊，这也是鲍威尔国务卿的话。"

"哦，是吗？"市川身子向后仰着说道。

"没错，鹤田主任推荐我看的鲍威尔的书里写的。"

六郎先生说："鹤田主任真是深爱她的英雄啊，就这么喜欢鲍威尔吗？干脆跟他结婚算了。"

大家都被逗笑了。

"不过，鲍威尔先生已经结婚了吧？"不知谁来了一句。

"婚外情可不好哦。"另一个人回应。

这么一说，我忽然意识到一个问题，鹤田主任结婚了吗？

星山小姐大概也和我想到一块了，说："回想起来，我好像完全不了解鹤田主任。"

＊＊＊ 六 ＊＊＊

我们围着桌子，开始做装饰用的折纸。这是为了改换母婴哺乳室的墙饰，大家都利用这些空闲时间来做。在众人安静地做事的时候，忽然响起一阵低沉的男声："对了，我刚才听了一个不错的故事。"说话的人是八木先生，五十来岁，听说有个孙子，偏分的白发，站得很直，长得好像高级料理店的侍者或管家。

"不错的故事？是什么，我想听！"笹熊阿姨大声询问。

"我之前在八号车的位置等新干线进站……"

当八木先生站在月台上等待 E5 系列的"疾风号"进站时，一位青年过来向他问路。

"请问商务舱在哪边？"

青年穿了一件有些过时的衬衫，看得出来有些青涩，稚气未脱，二十岁左右。

"商务舱就是旁边的九号车。"八木先生自有一种恭敬有礼的态度。

讲到这儿，六郎先生打断道："二十岁就坐商务舱吗？真够奢侈的。"六郎先生和八木先生年纪相仿，两人聊天就像朋友似的，有种让人放松愉快的氛围。看起来大大咧咧的六郎先生，与一本正经的八木先生是完全相反的类型，可是有一种同班同学的感觉。

"坐商务舱的是我阿姨。"青年好像是在解释，可能是想说明自己是不可能去坐商务舱的。

"阿姨吗？"

青年眯起眼，点点头。

"嗯，对我来说她比父母更重要。"

他大方开朗的态度让八木先生有些发愣，随即问："比父母更重要吗？"

"我妈妈做什么都让人觉得很软弱。"青年透露出与年龄不符的成熟，说话时很平静。

"软弱？身体很弱吗？"

"是心理方面的软弱，做什么都做不好，就连养孩子都想放弃的那种人。"他随后说，自己从小在儿童咨询所和保护机构之间来回，但凡有什么事情，都是阿姨代替父母出面解决。

"我爸是个很差劲的男人，很早就跟我妈离了婚，却还纠缠不休，这也导致我妈精神脆弱。就是在这种麻烦的情况下，是阿姨为我们撑起了一片天。就像那个说法，守护源义经的弁庆什么的……"

"你的意思是进退两难？"

"众矢之的吗？好像也不是这个，反正阿姨就是保护我的盾牌，如果没有她，我无法茁壮成长。"

"真是伟大的阿姨。"八木先生回应，多少有些附和的意思，不过也是由衷地感到佩服。

"这几年阿姨为了照顾父亲，住在八木。啊，我说的是我妈和阿姨的父亲，也就是我的外公。"

"哦，原来如此。"八木先生也没什么好说的。

年轻人显得很开心，说："阿姨好久没回东京了。"

年轻人告诉八木先生，自己用人生的第一份薪水买了商务舱的车票寄给了阿姨。

八木先生说："那个年轻人是希望一直为别人操心的阿姨也能够偶尔享受一下。"

彗
星
们

"确实是个不错的故事！"六郎先生说，"真好啊，八木老弟，遇到这种感人的故事。我就惨了，被女人撞到还要道歉，下次我也不会输给你的！"

这话说得莫名其妙。其他工作人员说："这种事有什么好竞争的？"

当新干线进站后，等待乘客下车的八木先生开始留神一旁的商务舱。那位青年显得很开心，就跟等的人是女朋友似的。八木先生那充满磁性魅力的男低音讲起故事来，我们都觉得像在听电视剧里的旁白。

随后，商务舱上下来一位小个子的女性。青年露出羞涩的笑容，举起手打招呼。

"八木先生，那位阿姨是什么表情？"坐在我前面的三津子大声问。

八木先生回答："我那个位置只能看到她的背影，肯定很开心吧。"

"肯定开心的嘛！换了我，别说外甥，大概孙子都会踢飞我。"笹熊阿姨发出爽朗的笑声，休息室的气氛更活跃了。

这时，房间角落里盯着监控视频的工作人员说："啊，列车从上野出发了，差不多该干活了。"

我们负责的新干线列车即将到站。列车从上野出发到站的时间，差不多就是工作人员走到月台的时间。

"好嘞，新干线，要给你做清扫了，给我等好了！"六郎先生意气风发地说，随后拿起了清洁工具箱，"洗干净脖子等着我吧！"

我们分别开始做准备工作。

"新干线哪需要等，等在月台的可是我们啊，六郎先生。"三津子指正道。

"它又不会自己洗干净脖子，还是要我们帮它洗。"市川小声嘀咕。

离开休息室后，我们排成一列，前往新干线月台。

走在半地下的通道上，一边望着斜上方的轨道，一边上楼梯，很快到了地面，站在二十三号线的位置。为了等待两层楼高的新干线 Max 二号车，我站好之后，给自己鼓劲，必须在七分钟之内打扫完，要干脆利落地完成自己的工作。

"倒不是要你们比赛打扫的速度。"鹤田主任曾说，"只不过是因为留给我们的时间只有七分钟，所以尽可能在有限的时间内完成工作。"

最近，杂志上和电视上有越来越多的报道介绍我们新干线列车的清洁工作。我们受到了世间的好评自然是一件值得高兴、自豪的事，而那些关于"工作快""效率高"的评价，比如什么"七分钟内闪闪发光""世界第一速度的清扫"之类的，也确实吸引了很多目光。当然，我们竭尽全力实现"七分钟内的清扫"确实获得了认同与夸奖，我们也很自豪，不过正如鹤田主任所说的："如果有十五分钟时间打扫，就用十五分钟打扫得更干净。"

"因为只有七分钟，所以要在七分钟内做到最好"，这话倒不是鹤田主任最喜欢的鲍威尔国务卿说的，我们只是尽力而为而已。

车站的广播响起，正在减速到站的新干线列车已经进入视野。

我们站在月台上，开始行礼。一旁的新干线列车渐渐滑行停靠，有时候会让我有一种在向前奔跑的错觉。

风迎面吹来，当新干线列车停下的那一刻，我们也抬起头，完成行礼动作。开始吧，工作。

*** 七 ***

刚一回到休息室，看到一名工作人员在楼梯附近捡到一张画纸。

"这应该算是遗失物品吧？"他将画纸拿到桌上展开来看。

画纸上都是蜡笔描绘的新干线列车，一眼就看得出来是小孩子画的。新干线的形状都歪斜了，不过还是画出了好几节车厢连在一起的样子。

"画得还不错。"笹熊阿姨倒是表扬起来，"你看上面还有乘客呢。"

确实，每一节车厢上都描绘出了人形。

"刚开始几节车厢，还能看得出来努力把乘客画进去的意愿。"市川指着第一节车厢上的小人，"越画到后面人就变得越大，到后面人都要比车厢大了。"

不知是谁说了一句："刚开始还很认真，后面就越来越不耐烦了吧。"

我想八成也是这样，不过看着还挺可爱的，不禁脱口而出："不知为什么，感觉看起来就像人的成长过程。"

没人问我意见的情况下，我却主动表达了自己的想法，连我自己都惊讶了，连忙闭嘴。可是说出去的话就像泼出去的水，还是让大家听见了。

我不禁想到了里央。自从我离婚之后，独自养育女儿，每天都手忙脚乱，好像每天都要准备举办庙会一样。孩子常常不听话，总是让我处于准备爆发的状态，但其实她也是我无法取代的治愈存在。难以喘息的每一天，让我如同一个不断打转着手里的球的小丑。可是孩子会长大，每一天都在成长，等我回过神来时，她早已不需要我那么操心了。比如说前段时间，女儿主动对我说："妈妈真的很不会表达，以后我来帮你说明吧。"然后她开始代替我和餐馆的店员交谈。真是狂妄啊，不过也真的很可靠，这两种感受在我心中交错着。

一转眼，孩子已经长大，她的成长就好像我经常看到新干线列车滑入月台一样。虽然无声无息，静静地滑行，可是一下子就驶向了远方。就像我在列车到站的有限时间内进行清扫，我陪女儿的时间也是有限的。

也许是我将里央和那幅画联系在了一起，我难得表达了自己的意见，这让其他人都露出惊讶的表情。我的脸红了。

"啊，二村小姐的想法挺有趣的呀。"市川来了兴致，"确实是越到后面的车厢，乘客就变得越大。按照这个设定写故事，还挺有趣的。"

"怎么样的故事？"八木先生一脸认真地问道。

"怎么说呢……不是穿越时空的那种。打个比方，随着每节车厢的移动，时代会发生改变，类似这样。"市川仿佛进入了另一个世界，话也变得多起来，"在第一节车厢是十几岁的人，到了第二节车厢……"

"就会变成二十几岁？"我接了话。

不知不觉间，大家都凑到了市川展开的那幅画纸边。

"啊……"市川的语气都变得轻飘飘起来，"对了，说起来，今天的前一辆'疾风号'就有这种感觉。"

"前一辆'疾风号'？"

"对，不是刚才那辆 Max，是前一辆'疾风号'。负责三号车的三津子小姐不是碰到一对小姐妹吗……"市川做起手势来，像是自说自话的学者，或者是电影里美国法庭的律师。

"啊，是指到了东京站却睡着了，过来找爸爸的那对姐妹吗？”

“然后，六郎先生不是也撞到一对姐妹了吗？”

“不是撞到，是被撞。”

那个姐姐是为了帮妹妹脱离丈夫的魔爪才将她带到东京
来的。

“然后，你们瞧，八木先生见到的是……”

市川说了一半，八木先生接道：“来迎接阿姨的外甥。”

“瞧，阿姨嘛，也就是说……”

“也是姐妹中的一个人，对吧？”

“但那又怎样？”

“这些人其实是同一对姐妹。”市川两眼放光。

我们听了这话，一下子都愣住了。

倒不是大家都震惊过度，实在是这话太荒唐了，真不知
道怎么回应。

“同一对姐妹？怎么可能！”三津子皱眉，“请注意，我
遇见的是小孩子。”

“前面不是说了吗，越到后面的车厢，人就越大啊。那对
小姐妹，在六号车变成了大人的模样，不是符合设定了吗？”

六郎先生和八木先生面面相觑。

我也觉得这个想法很荒谬，却突然想到一件事。

“我碰到过一个母亲抱着孩子，孩子的袜子掉了。”

“啊，果然。”市川得意扬扬地说，“二村小姐是二号车，

遇到的小孩比三津子小姐遇见的姐妹要小一些，所以是一两岁，对吧？"

"可我碰到的不是姐妹，是妈妈抱着女儿。"我立刻反驳，随即又很后悔自己的话让市川君失望了。

然而，他不但没有失望，反而更加意气风发地说："那就是妹妹出生之前的事。这么说来，我们碰到的不是姐妹，而是姐姐的人生，就是这样。"

"还'就是这样'，你可真会扯。"六郎先生都听呆了。

"市川君，你这么兴奋的样子，我们还是第一次见，还挺有趣的。"

"可是一想到那是姐姐的一生的话，不禁会让人思考许多事。"八木先生喃喃自语，声音低沉，仿佛地板都在震动，我都能感觉到自己的肚子里有回音。

"咦，思考什么？"

"你想呀，小时候她为了找爸爸带着妹妹一起来东京，长大成人后又要帮助妹妹逃离丈夫的暴力。"

"好像因为妹妹，她自己都结不了婚。"三津子说，"啊，对了，不是还有一个给她买商务舱车票的外甥吗？"

市川双手环抱，点了点头，说："既然是外甥，那就是妹妹的儿子了。不知道是不是妹妹和家暴男生的，反正是妹妹放弃了抚养儿子，最后还是姐姐替她养大的。"

"为了妹妹，奉献了自己的一生吗？"八木先生评论道。

此时，我们再次鸦雀无声。这次的沉默，并非因为市川君"胡乱的臆测"或者"大胆的妄想"，而是对于架空故事中的姐姐的人生产生了种种思考。至少我是这种感觉。

"不过，全都是市川君的想象故事吧。"笹熊阿姨冷静地说。市川君倒好，像个不打算停车的司机一样，一往无前，趁势追击。

他看向负责五号车的后藤田太太，说："后藤田太太，刚刚在'疾风号'上遇到过什么事情吗？"

"咦，我？"后藤田太太本来坐得比较远，一脸自在轻松地听大家聊天，忽然被市川君一问，脸都僵了，陷入了回忆中。

"有没有碰到一对姐妹？"

"市川，你怎么好像刑警似的。"

"可是我去打扫的时候，乘客都已经下车了呀。"后藤田太太忽然语气一变，"啊，还真有。"

"是什么？"市川身子前倾。

"不是一对姐妹，好像是个喝醉酒的人。乘客们下车的时候，我偶然听到有人在说。"

"醉汉吗？"

"是的，醉汉在纠缠一个年轻的姑娘，幸好旁边有个乘客出手相助，据说很拉风。"

"拉风？醉汉吗？"

"当然不是，三津子小姐，你的脑回路很奇怪呀，我当然是说出手相助的人。那叫什么来着？拳法？那人还喊了一声'我打——'，然后再出手，也不知道是真的假的。"

"我打——吗？"笹熊阿姨露出苦笑，我立刻想到了什么。笹熊阿姨估计也想到了，说了一声："哎呀！"

其他人也都想到了，六郎先生说道："这事好像在哪里听到过啊。"随即他想了起来，"那不是小鹤以前说的事吗？"

"咦，什么事？"后藤田太太有些不明所以，看来她是没听说过鹤田主任年轻时遇到醉汉骚扰的往事。

"我说了什么奇怪的话吗？"她环顾四周问道。

我望向笹熊阿姨，而三津子和六郎先生面面相觑。

怎么可能呢？虽然我心中极力想否定，却抑制不住膨胀起来的联想。

"鹤田主任的人生？"不知是谁把这个想法说了出来。就在这时，休息室的门开了，桓崎所长进来了。

*** 八 ***

"怎么样？鹤田主任不在，有没有发生什么问题？"桓崎所长环视众人问道。

"没有问题。"笹熊阿姨回答。

"桓崎所长，有件事想问一下……"六郎先生忽然举手。他给人的感觉，就像成绩虽然不好，却让人讨厌不起来的学生，恰恰因为这种个性，无论是面对上级还是别人，他都无所顾忌。

"你有没有听说过鹤田主任的妹妹的事？"

"鹤田主任的妹妹？"桓崎所长喃喃自语似的，他的姿势，像个站姿挺拔的司令官。

"是呀，我们发现关于鹤田主任的事，我们都完全不了解。"三津子补充道。

"你们这么一问，我发现我也不了解她。"桓崎所长回答。

啊，果然如此！众人都露出了相同的反应。这时，桓崎所长忽然说："啊，想起来了，我听她说起过外甥的事情，所以是有兄弟或者姐妹的吧。"

这话让大家又兴奋了起来，当然最兴奋的肯定是市川君。

"桓崎所长，那是鹤田主任妹妹的儿子吧？是她努力把外甥抚养长大的吧？"

桓崎所长被兴奋不已的市川君惊到了，说："那我就不清楚了。你们是怎么了？"随即他又露出苦笑，"哎，可是啊……"

"怎么了？"市川和笹熊阿姨异口同声地问。

"哎，我记得没错的话，她外甥英年早逝了。"

啊？我非常震惊，似乎一下没有了呼吸。

"忘了是生病还是车祸，当时还很年轻，应该是开摩托车遇到事故了吧。鹤田主任有一次无意间说出来的，那好像是她开始做这份工作之前的事。"

我顿时感到胸口一阵疼痛。

心如刀绞，身体好像开了一个洞。我脑海中刹那间出现这么一个念头："为了妹妹，为了外甥，奉献了自己的时间和精力，可是最终什么都没有留下。"如果用一句话概括鹤田主任的人生的话，那就是：她这一辈子到底算什么呢？

"不可能吧！"六郎先生的脸都抽搐起来，歪着脑袋，露出难以置信的表情。

八木先生也低声嘀咕："怎么回事？一不小心好像信了这个故事。"

"喂，喂，你们都怎么了？"桓崎所长搞不懂大家为什么有这般反应，一脸的困惑不解。

这时，耳机里传来了一个信息，桓崎所长碰了碰耳机回应起来，一边说话一边走到了房间一隅。我们鸦雀无声，一动不动，面面相觑。

"鹤田主任真是经历了好多。"市川君由衷地感叹道。

"每个人的一生都会经历很多波折的。"八木先生回应。

"怎么搞的，难道大家都信以为真了？"三津子笑着，笑容却很不自然，"鹤田主任的一生，怎么可能是搭乘新干线出现的！"

"就是说啊。"笹熊阿姨双臂交叉，说，"市川君这故事讲得太好了，我差点就当真了。二村小姐，你说呢？"

"嗯，是啊。"我似是而非地附和，同时想起鹤田主任告诉我的话。那也是鲍威尔国务卿的话："总是尽力而为，该看到的人总会看到。"

该看到的人，到底指的是谁？我有时很想这么反问她。有谁会看到我？我也会忍不住在心里埋怨，也许鹤田主任也怀疑过。

加一汤匙糖，工作也能变得有趣。会哼着《欢乐满人间》中的歌曲的鹤田主任，不仅对自己的工作，也许对自己的人生也是如此心态。无论什么花都会有花蜜，只要找到快乐的方法，什么样的人生都有价值。莫非这就是鹤田主任说服自己的方式？我暗自想东想西，愈加喘不过气来。如果我的辛苦程度排世界第一千名的话，我能够克服与超越吗？

随即，我开始反复思考那句话："该看到的人总会看到。"突然意识到，我们现在不是看到了鹤田主任的人生吗？先前我们在"疾风号"的各节车厢上不就看到了一直以来都在尽力而为的鹤田主任吗？不就是这个道理吗？可这个道理，又是什么道理呢？

莫非这是鹤田主任一生的总回顾？就像人死前在脑海里走马灯般地过了一遍自己的一生。这个想法真是不吉利。正当我努力消除自己的想法时，桓崎所长欣喜地对大家宣布：

"刚才事务所来了电话，鹤田主任苏醒过来啦！"

哇！

休息室内瞬间欢欣雀跃，仿佛是我们支持的球队进了球，就连我也不自觉地鼓起掌来。

"这样才对嘛！我们小鹤才不会那么简单就出事的……"六郎先生的声音也爽朗多了。

我胸口的苦闷刚刚消失，桓崎所长忽然叫我："还有件事，那个，二村小姐，事务所刚才接到一个小学打来的电话。"

小学？什么小学？我家孩子的小学？我的大脑顿时一片混乱。

"应该就是你女儿在读的小学打来的电话。"幸好桓崎所长提醒我，我算是清楚了状况。

大家都看向了我，不过我也没心情理会这个了。学校找我，难道是里央出了什么事？

"事情要是紧急的话，耽误了可就不好了，赶紧打回去问问吧。"桓崎所长一说，我有些惊惶地走到自己的置物柜旁，拿出了手机开始打电话。

电话响了很久都没人接，最后总算班主任接了电话。我没有说自己是谁，就连忙问："里央怎么了？"

"实际上，里央稍微有些身体不适。"一听老师这话，我算是安心了。听老师具体说了一遍，我知道事情没有那么严重，也就冷静下来了。

听老师说，里央是食物过敏引起了湿疹。跟她在幼儿园的时候比起来，现在情况好多了，不过这个病还是没有完全根治。吃过药好了很多，里央自己也说在保健室躺一会儿就好，不过作为班主任，以防万一，还是要打电话告知一下家长。

这边通话刚刚结束，我的手机又响了。我以为又是学校那边打来的，一看来电显示，竟然是我母亲。我条件反射般地按下接听键，电话那头传来母亲漫不经心的声音："你现在在家吗？"我一听忽然有些来气，现在不是扯家常的时候。我正要气冲冲地回她，母亲说："我在你家附近的车站哦。"

我转念一想，就拜托母亲去学校接一下里央。

今天的工作都已经安排好了，而且鹤田主任不在，我最好不要离开工作岗位。虽然也很在意里央的情况，不过权衡事情的紧急和重要程度，我还是应当尽可能完成任务，不要给其他人添麻烦。

我能想象到母亲的反应，她应该会长长地叹气，带着批判的语气说："你做的工作竟然都不允许你为了孩子早退！"

就算她这么说，我也会心甘情愿接受。有时候顾头不顾尾，也是不得已。

万万没想到，母亲柔和地说："了解，那我去接里央。"

这么爽快就答应了我的要求，我都有些惊讶。

电话结束前，我补充道："其实可以的话，我是打算自己去接的。"

母亲却说："你的工作也很重要啊，理解理解。"

"咦？"

"是叫团队合作吧？前段时间我坐新干线的时候，看到清洁人员的工作，确实挺不容易的。"

"啊，嗯。"我一时语塞。

"有时候你可以依赖我一下呀，虽然你可能不愿意。"母亲发出笑声，挂断了电话。我呆呆地看着手机，发起了愣，意识过来后，赶紧跟桓崎所长说明状况。

这时，市川突然弹了个响指，说："啊，就是那个呀。"

他无视惊讶的我们，径直走到收纳清洁品的地方，拿出了一张纸，说："这个，你们瞧，是刚才'疾风号'上掉落的东西。"

"喂，喂，你还要继续吗？"

"还是鹤田主任的人生？"

众人七嘴八舌，市川信心满满地展开了那张海报，说："看，这也是鹤田主任人生的一部分哦。不过与其说是人生，不如说是历史。"

到底是什么海报？我探头过去偷偷看了一眼。

这也太离谱了吧！我本来还有点相信，现在忍不住在心里吐槽。

那张海报上的内容是《人类起源展》的介绍，上面画着原始人。

"从鹤田主任的历史发展角度来分析，也许真的有关联哦。因为是一号车，所以回溯到原始时代也没错。"

"回溯到原始人生活的时代吗？"八木先生发问。

"是啊，回溯鹤田主任的人生，与原始人也是有联系的，这一切，都是紧密相连的。"

逻辑是通的，不过从原始人开始也太夸张了……

我终于忍不住笑了出来。

"回溯得过头了吧？！"六郎先生疾言厉色道。

后 面 的 声 音 很 吵

　　驶向东京的"疾风号"新干线列车上空空荡荡的，乘客比平常要少一些。我坐在靠窗的位置，欣赏着窗外一闪而过的风光，脑海里思索着是否要买那辆红色的新车。从大学时代开始，我就一直很喜欢车，也在小城市待过一段日子，那时候常常开车出行。然而，如今在东京买一辆车，光是停车场的月租费就够我喝一壶了。再说，东京的电车路线几乎能让我去任何想去的地方，犯不着非要开车。

　　道理我都懂，可是前几天当我在广告上看到那辆红色的新车时，瞬间就走不动路了。那辆车的设计实在太让我着迷了，我太想买它了。我仔仔细细阅读了车子的规格以及设计师的访问内容，同时还要努力克制这种冲动，反复提醒自己不能买、不能买。

列车经过仙台，穿过福岛，前路漫漫。我这次出行是为了拜访老客户，对此我并不感到厌烦。看着眼前一闪而过的山丘与田园里的房子，我开始想象：那些房子中都住着怎样的人呢？对我来说，他们的人生只是窗外的风景，对他们来说，我又何尝不是以时速三百千米奔驰而过的风景呢？

"不好意思……"走道上有人说话，我有些吃惊地回首，看到一个穿着厚厚外套的中年男子站在我眼前，一脸歉意地指着我的脚边，说，"我的笔不小心掉在那边了。"

我忙一低头，的确看到了一支圆珠笔，当即伸手捡起来。

中年男子长着一张方脸，戴着眼镜，接过笔向我道谢后，随即回到了后面的座位上。这件事发生前，我并未注意到他，他似乎在写信。后面时不时传来小桌摩擦的声响，我开始猜测，他是在写与工作相关的信件呢，还是寄给朋友的信，还是在为什么证件考试做准备？

我去了一趟厕所回来后，听到后面传来交谈声。我坐下来重新欣赏窗外的风景，忽然听到刚才掉了圆珠笔的中年男人说："啊，那是佐藤三条子吗？"

"嘘！"有人出声阻拦。

前座的我听得清清楚楚，不免更加在意他们的谈话了。

"我坐的那个位置看不到她，能让我坐你这边吗？"

"不是有空位吗？"

"一个人有点可疑，两个人坐一块比较自然。"

"你是记者？"

"啊，算是吧。"

我知道后面靠窗的位，坐的是刚才掉了笔的中年人，他隔壁是个空座。看来，是那个记者坐过来了。明明有的是空座，却非要坐在别人旁边，这要换了我肯定不乐意，不仅觉得莫名其妙，而且会感到不自在、压抑。不过那个靠窗坐着的中年男子似乎还挺乐意的，可能是觉得有了可以聊天消磨时间的对象。

"佐藤三条子好像在跟某个运动员交往，是吧？"中年男子似乎忘了记者阻止他说话的事儿，像个小孩子一样轻声细语地说着自己的想法。

"是个职业篮球选手，据说 NBA 的球探都在关注他。"

"是婚外情吗？"

"男方已经离婚，可是没离干净。前妻觉得他是在婚内出轨的，所以闹得沸沸扬扬。"

"那到底是真的假的？"

"什么真的假的？"

"到底是不是婚内出轨？"

"半真半假吧，反正男女双方都否认了。"

"这样啊。"

"不过，那个篮球选手在秋田比赛结束的第二天，在前往东京的东北新干线列车上看到了她，还真是不简单呢。"

"女明星都那么闲吗？"

"她倒不是闲，就是很挑电影剧本。"

那个记者只是偶然在车上遇见了话题人物，还是本来就在跟踪对方？可要是在秋田上的车，那么坐上这辆"疾风号"就很奇怪。按理说从秋田方向开来的列车只有"小町号"，"小町号"和"疾风号"会在盛冈站会合，她没道理故意换车。中年男子可能也想到了这点，问道："你从秋田过来，为什么会坐上'疾风号'？难道特地买了两张指定席的车票？"

"她就是为了甩掉可能存在的记者啊。"

"不过还是被你撞上了，对吧？"中年男子干涩地笑道，而年轻人则笑声爽朗。

之后的一段时间，车内都只有新干线前进的声音，年轻人冷不丁说了一句："遇到这种事情，最可怜的就是小孩了。"

"你是说父母离婚吗？"

"我小时候也是，上小学前我的父亲很暴躁，老是打人。"

中年男子可能是不知怎么回应，只能用沉默代替。此时，这班列车恰好和下行的新干线会车，窗户咔啦啦地晃动起来。

"即便当时你还是个孩子，也都记得吗？"中年男子的语气带有同情。

"说实话，我其实什么都不记得了。只是我妈老对我这么灌输记忆，也可能是被她灌入了虚构的记忆。"年轻人笑了笑，说，"这么一想，我都开始怀疑我爸是不是真的打过我妈了。长大以后，我冷静地想过，我妈也很古怪，她多少也有不可推卸的责任。她很容易情绪冲动，动不动就歇斯底里的。"

"你后来见过你父亲吗？"

"一次都没有。要是我妈知道我们见面，估计她会疯掉吧。所以，到现在我也不知道事情的真相到底是怎样的，谁才是有过错的一方。也许父母双方都有自己的一套说辞吧。"

"很像你的工作呀。"

"嗯？跟我的工作有什么关系？"

"你不是记者吗？"

"嗯，没错……"年轻人随即接上，"说得也是，现在杂志上的报道，鬼知道有几分是真的。"

我站了起来，走向厕所。虽然我刚刚去过，不过这次其实不是去上厕所，只是为了满足窥探一下佐藤三条子的八卦之心。

我走出车厢，来到洗手间前。虽然没准备进去，却和刚好走出洗手间的人撞在了一起。那人一头长发，乍一看是个女的，仔细一瞧是个年轻男子。他的奇装异服以及一头乱发，如同一个招牌，表明他是一个无法规规矩矩地生活的人。他好像是在厕所玩手机，出来时眼睛一直盯着手机屏幕。

我为撞到他而道歉后，本想避开他往前走，没想到他却自来熟地跟我聊了起来："稍等一下，方便听我发个牢骚吗？我刚用手机在网上占卜名字……"

"呃……"

"上面竟然说我未来会死于肠胃炎，什么玩意儿！"

"肠胃炎啊，蛮可怕的。"

"这不是重点，重点是这种玩玩而已的占卜，怎么能莫名其妙地突然跳出来呢？"

"不用往心里去。"我不置可否地说。

"会不会是我的名字太奇怪，没办法正常分析？"

"你的名字很奇怪吗？"

"我叫约翰，很美国人吧？"

我不明白啥叫"很美国人"的名字，心不在焉地附和了一下，他终于走回了车厢内。

我故意洗了洗手，用手帕擦干，随即返回五号车厢，装作漫不经心地环视车厢内。好在车内乘客稀少，让我很快发现目标。从车厢头数过来的第三排的三人座上，有个女人坐在靠窗的位置，用手撑着脸颊望着窗外。虽然她戴着太阳镜，我离得远看不清五官，可是说到底明星就是明星，仅仅是坐在那里看着窗外，就散发着一种让周围一亮的优雅气质，我内心非常激动。

要不要上去要个签名？

可我突然意识到，自己压根就不是她的影迷，为什么要去找她签名？难道是拿到签名可以跟谁炫耀吗？可这世上也没有能让我炫耀签名的人呀。我还想要佐藤三条子的签名吗？算了，不要了。走在走道上，我的脑子里如此思考着。

回到座位前，我装作漫不经心地看了后座的两人一眼。坐在靠近走道的位置上的那个自称记者的男子，他的声音听起来倒是挺符合他的年纪的，很年轻。他微微低着头讲话，可能是怕人发现，忽然抬眼环顾车厢，正好与我四目相对。看他的眼神，似乎是知道了我刚才听到了他说的话，然后特意跑过去看女明星是否在车上，这让我感到有些难为情，连忙坐下了。

"可是，女明星怎么会坐普通车厢？为什么不去坐商务车厢？"中年男子的声音响起，看来还在聊关于佐藤三条子的话题。

"商务车厢只有一节，反而会引人注意。"

"是吗？我是搞不懂名人的心思。"

"对了，恕我冒昧，请问您是做什么工作的？"

话题好跳跃啊，这也太冒昧了吧？莫非打听他人隐私是记者的职业病？

我听了不免感到吃惊。

"是很冒昧啊……"中年男子觉得有些莫名其妙，不过听起来并没生气，"简单来说，算是老师吧。"

"老师？国会议员和医生也可以称为老师的。"

"学校老师，我在高中教语文。"

"真是伟大的工作。"记者立马又补上一句，"我没有调侃的意思，是发自内心觉得很伟大。学校老师是非常重要的职业，不过我的语文学得不是很好。"

这时车门开了，迎面走来一个体格非常独特的男人。他的眼神很犀利，有一股艺术家的气质。他的脖子以下很健壮，像个相扑选手，然而头部和身体形成了鲜明的反差，让人感觉很奇怪。

走到我身边时，男人驻足看了前方一会儿，忽然在我身旁的空位坐了下来，一脸自己的体重好麻烦的样子，吓了我一跳。

"你好。"他主动和我说话，"对了，这不是我的位子。"

"我知道。"我回应，不禁想问他是不是记者。

"我的位置在后面，不过马上就会有一辆贩卖零食的手推车从对面过来。"

我明白了。从他的体形来看，要避开手推车相当吃力，他是打算先坐下，等手推车经过之后再过去。即便如此，我还是感到很不自在。他倒是一脸坦然自若，亲切地问我："你有什么烦忧的心事吗？"

"烦忧的心事？"我反问道。除了身旁坐了一个厚脸皮的乘客，我还有其他的烦心事儿吗？

"没错，其实我是专门给人做咨询的。"

"咨询？你是咨询师，帮人解决烦恼的？"

"解决！"男人轻快地感叹道，"没法解决，人世间的事，大部分别人都没法帮你解决。我呢，只是提供建议罢了。"

"建议？"

"你可能觉得奇怪，这种事还能赚钱吗？老实告诉你，确实可以。最近有个因劫持公交车失败而坐牢的男人出狱了，来找我咨询，说他感到很绝望，于是我就建议他再干一次。所以，你有烦心事的话，可以告诉我。"

"劫持公交车？"完全没想到我会从他嘴里听到这么奇怪的事，我的声音都有些不自然了。

"什么都可以咨询。你有想咨询的事吗？"

就算他这么问，我也没什么想咨询的事。手推车怎么还没过来，是不是被哪个乘客拦下了？我们忽然沉默了，也很尴尬。我只好勉强说："非要说有的话，那就是我在考虑买辆车。"

"买车挺好啊，有了车多便利，去买呗。"他不假思索地回答，就好像见到乒乓球就用球拍打回去一样，语气非常轻快。

"话是这么说，可是养车很花钱，再说在东京市区里也没什么需要开车的地方。不过，还是买了比较好，对吗？"

"我并不想说得太直白，不过遇到这种咨询，我觉得对我而言，劝对方不要买的风险会低一些。"

"为什么？"

"比如说，我现在建议你别买，你也许会觉得不买比较好，然后一直压抑自己的欲望，可是这种欲望不知道要持续到什么时候才能释放出来。或许你一直无法摆脱这种想买的欲望，于是不得不自我折磨。从结果来看，不买新车的话就不会引发新的问题。如果你能放下欲望，那当然会认为我的建议是对的。如果你实在没忍住，还是买了新车，那又会怎样呢？你会背负车贷，花钱养车，然后感到后悔。就算是这样，你也不会怪我，毕竟我建议你别买，是你自己没接受意见罢了，反而对我感到愧疚。"

听他这么一说，我觉得很有道理。

"你什么都知道，还是建议我买吗？"

他点了点头。我看着他的侧脸，恍惚间觉得自己是在跟一个很帅的演员聊天。

"每天都要克制自己想买的欲望其实很难受的，再说人世间的大部分事，怎么选都不会对自己有太大的影响。既来之则安之。买或者不买，都不会改变自己的人生。当然，如果买了新车出了事，那肯定会后悔。不过非要较真的话，就算不买新车也有可能出事。总而言之，我的原则就是，不管对方想做什么，我都会助别人一臂之力。与其劝对方改变想法，不如顺应对方，至少这样还能获得对方的感谢。相比那些只会说些玄玄乎乎的话的人，我这样好多了。"

"原来如此……"对于他的理论，我似乎能理解，又似乎不能理解。就在此时，手推车过来了，他对我说了句"打扰了"，就站起身，同时不知从哪儿拿出一本杂志，说："我对车子没什么兴趣，不过刚才翻看杂志的时候看到了这个广告，"他指着其中一页上车子款式的广告说，"这车真帅，希望哪天可以开开看。"

那是一种开放式运货的小皮卡车，我没觉得它哪里帅，不过也没必要直言不讳，便附和道："挺不错的呀。"

"在我死之前，真想开一次呀。"他说。

不知不觉间停在大宫站的新干线列车，又开始行驶起来。我往后靠了靠，不自觉地去听后座的声音。我感觉那个记者还在之前的位置上，正在这个时候，我听到了后面两人说的话。

"哎，真的吗？你怎么不早说！"

随后好像是中年男子在解释："那个……我当时没想太多，只是觉得那人就像个篮球选手。"

"在一号车上？"

"我从盛冈上车时，看到他站在月台最前面，个子很高，穿的像个篮球选手。我猜他们是约好在盛冈站一起转乘'疾风号'，然后坐同一班车回来的。"

到底这种事是多么重要的情报？两人坐同一班车又怎

样？我实在无法理解。也许那个记者也跟我想的一样，所以只回应了一句"原来如此"。

"趁现在去确认一下比较好吧？等到了东京站，就不好追踪了，照片拍不拍得到都是问题。我要是你的话，现在就过去看看。"中年男子建议道。本来只是倾听者的角色，忽然好像记者行业的前辈一样劝他，这让我有些诧异。那个记者应该也很困惑，所以有些警惕地说了句："说得也是。"随后才站起来，说，"我过去看看。"

我看着记者走向前方的车厢，他什么行李也没拿，摇摇晃晃地走向车厢门，消失了。

后面一下没有了声音，我有些百无聊赖，只好再次望向窗外，把喝光的啤酒罐放在嘴边，玩玩手机什么的。最后，我拿起了前座椅背置物袋上的 JR 杂志开始看。

我一边读着杂志上关于盛冈特产的介绍，一边考虑着到底要不要买新车，同时回想起刚才那位自称咨询师的家伙的建议。买，还是不买？不买的话，我的欲望能克制到几时？那人说得没错，就算决定不买，我能永远坚持不买吗？我忽然觉得，与其等待购买欲的蒸发，不如罗列一些买车带来的好处。

与此同时，我注意到杂志上有一些涂鸦，应该是之前坐在我这个位置的人无聊时留下的。

那是个细长的长着脚的球体，一旁还有小巧精致的手写字："发现一只，就有十只。""体长三米，体重一百千克。""奔跑时速为八十到一百千米。"

好像在描述什么想象中的生物。如果是小孩写的，字迹也太漂亮了。是坐车的时候心血来潮，突发奇想，构思出来的吗？涂鸦下面还写着随手取的名字——"蝉虫"，旁边还有四个字"世界毁灭"，这几个字上还画了一个大大的 ×。我开始想象这种看上去蛮可爱的生物如同哥斯拉般肆意破坏街道，心情变得愉快起来。

我注意到后面有人站起来了。中年男子好像在走道上走动。我想看看他在做什么，就煞有介事地回过头去。因为厕所在另一个方向，所以我就佯装在接电话，把手机放在耳边，站到走道上往后走。

中年男子竟然停在了一个奇怪的地方。他在之前座位的后两排另一侧的三人座位中最靠里的位置上坐了下来，整个人窝了起来。

我走过他此刻的位置，走到后侧的自动门旁，走出车厢，深呼吸了一口气后又返回来了。

中年男子还在那边，与在自己的座位上不同，此刻他缩着身子，似乎在座位左侧找着什么，是在窥探一个大大的旅行包。那应该不是他的旅行包，他在窥探别人的行李！这正是刚才那位记者的，因为这是记者原来的座位。他为何要偷偷翻看记者的行李？

这么看来，什么篮球选手在一号车厢的事八成是编的，就是为了让记者离开这里，他好找机会去查看他的行李。

他为什么要这么做？

我斜着眼看着男子行动，甚至可以说在盯梢，同时无声无息地走回到自己的位置上。我觉得有些好笑，自己这么疑神疑鬼的，又是怎么回事？不过这个男子确实可疑。我本以为他只是一个普通的大叔，突然遇到了一个自来熟的记者，两个人就聊起来了，没想到一下子就变成一个来历不明的家伙。

这里面到底有什么秘密？

中年男子在做什么？

首先浮现在我脑海里的，是他在确认记者的身份。那记者说自己在跟踪女明星什么的，乍一听好像是真的，可是擅自坐到陌生人旁边未免太唐突了吧，有违常识。别人怀疑他到底是不是记者，心生警惕加以防备也是很自然的。可真的需要翻看他的行李吗？直接去问本人不是更好？根据说话语气轻重不同，自然可以推断出事情的真假。

看来，中年男子有必须确认记者身份的缘由。

到底是什么？

难道是中年男子想要保护那位女明星，想查询记者的调查程度，比如有没有证据可以写成报道，翻行李是为了找记者的笔记或者照相机之类的东西。说不定中年男子就是女明星请来暗中保护她的，在一节车厢内分开来坐，就是为了防止这种事情发生。

或者都不是，只是中年男子恰好是女明星的粉丝，偶然间和崇拜的女明星坐在同一车厢里，打算对这个纠缠不休的记者做点什么。

忽然，我想到那个记者出现之前，中年男子一直在写着什么，莫非是写给女明星的信？因为这种千载难逢的偶遇太激动了，所以想要写封信表达自己的喜悦心情？就在那时，记者过来了。

没想到这两人坐在我后面，看似云淡风轻，却在心理上展开了无形的攻防战。一想到这儿，我不由得紧张起来。

我可不想卷入他们的事，还是和他们井水不犯河水的好。话说回来，我原本跟他们就没什么关系，不过还是小心为上。

后面又有了响动，看来是中年男子回到了座位上。行李都翻完了？

可以说是千钧一发了，就在此时，车门开了，记者回来了。

记者脸上透着一股怨气，是没找到那个篮球选手吧？的确如此，他一坐到靠走道的座位上，就开始抱怨："没找到那个人，你确定他是在一号车厢？"

"好奇怪啊！"

"个子高的人我都看了，就是没有发现你说的那个人。"听他的语气，显然是在责怪中年男子。

"好奇怪啊！"中年男子好像只有这个回应，无论对方怎么说。

车内广播响起，东京站快到了。

中年男子若有所思地说："快到站了。"好像有什么含义在里面。

"差不多结束了吗？"

"啊，是的。"中年男子说。

我注意到记者站了起来，看来是要回到自己原来的座位上。他对中年男子说："擅自坐到你旁边，真是不好意思。多亏你帮了我，实在太感谢了。"

"我有帮到你吗？"

"是啊，衷心感谢。"

"该感谢的人应该是我。"中年男子说。

他感谢什么？我觉得有些莫名其妙。

"啊，说起来……"

"什么？"

"我曾经遇到过一件不可思议的事。"记者说。

"不可思议？什么事？"

"小学六年级时，我的母亲有段时间生病住院，医院特地关照我，让我在值班室之类的地方睡了一个礼拜。"

"真不容易。"

"我在医院过的圣诞节。万万没想到，竟然会收到圣诞礼物。"

"是吗？"中年男子似乎感到有些意外，他怎么突然聊起圣诞节的往事来？

"当时母亲还打着点滴，不知道是谁给我送的礼物。"

"医院的人吧？"

"大家都不承认，应该也没骗我，所以至今都是一个谜。我猜，可能是我的父亲。"

"哎，那个会家暴的父亲吗？"

"家暴的事很有可能是母亲捏造的。"

"是吗？"

"是的，不过母亲说没有联系过他，他不可能找到这里来送礼物。"

"如果不是你父亲……"中年男子漠不关心地说，"那可能真的是圣诞老人吧。"

新干线列车即将到达东京站，在慢慢减速，有几位乘客走向出口，等待着下车。我注意到那个好像佐藤三条子的女人也站了起来，迅速收拾好行李，走到过道上。

我想亲自近距离确认一下那个人到底是不是女明星佐藤三条子，于是装作要去厕所，移动到车厢连接处。车门附近没几个人，并不拥挤。我丢掉了空瓶子和一些垃圾，转身去确认。说实话，如果是的话，我就拍几张照片，日后可以跟人显摆一下。当然，我会把握分寸的。

列车顺利抵达了月台，似乎松了一口气一样发出喷气声。车门开了，乘客们纷纷拿着行李下车。

我就站在稍稍低着头的佐藤三条子的正面，整个身子非常僵硬，眼睛直勾勾地盯着她，仿佛是难得去参拜佛像一样，认真而专注。没想到，她忽然摘下了太阳眼镜，估计是感受到了我强烈的目光，充满警惕地看向我。

我从车厢进入月台，停留在原地，望着匆匆下楼的女子的背影。

我需要一点时间来咀嚼她并非佐藤三条子的事。她压根不是什么名人。

近距离看那位女子，跟我所知道的那个佐藤三条子完全不是一个人。虽说有可能是化妆的关系，她看起来像是其他人，但其实直接把她当成其他人会更好一些。

看来是记者搞错了，她根本不是什么女明星。

我望向新干线列车的门，正好看到那个记者下车了。他背着旅行包，走在月台上，朝我这边走来。

此时此刻，我终于意识到一件事：我见过他。

我对他的长相有点印象。

是在哪里见过的呢？

他虽然长得不错，但也不算很独特。

工作上认识的人，酒肉朋友，曾经的同学……但凡有些印象的男子，我都在脑海里过了一遍，这才意识到他不是我以前见过的人，而是最近才见到的。

突然，我脑子里"咔嚓"一声，如同断了的铜线重新连接好了。

"啊，那……"我叫住了他。

"嗯？"他有些惊讶，毕竟不认识我。看到他有些不安，我很惭愧，连忙补充道："您是设计车子的设计师吧？"

正是这个人！

就是我最近犹豫要不要买的那款新车的设计师。我读过他接受采访的那篇报道，也在网上看过相关视频。

"其实，我很喜欢您设计的车，准备买来着。"这话是顺口说出来的，我暗自苦笑着。

"那可太好了。"他坦率地表达了自己的喜悦心情，"你居然认得出我！"

"不过，我有一件事不明白。"这算是打破砂锅问到底吗？我坦白地说出了自己听到他自称记者和中年男子交谈的事。

"我就坐在前面，所以听到了一些对话内容。"

他的脸红了，挠了挠头，有些吞吞吐吐。

"我骗他的。"他承认了，可是他没有跟我讲明具体是怎么回事，只是说，"不好意思，给您添麻烦了，我只是想找一个话题聊聊天，才假装是记者的。"

"女演员的事也是……"

"我乱扯的。刚好最近看过八卦新闻，就顺便瞎扯了。"

"你想聊天的人，就是坐在你旁边的那个中年男子？"

"没错。"他那灿烂的笑容，给人一种舒爽明朗的感觉。

"你想跟他打听什么？"

"没什么，只不过……"他摇着头说。

"只不过什么？"

"只不过想坐在他身旁，跟他说说话。"

他彬彬有礼地跟我说了几句后，就转身离去了。

我马上回头，心想，难道中年男子和他认识？或者说，中年男子早知道他不是记者，为了确认他的身份，才去翻他的行李的。

他们都知道对方是谁？

虽然知道问那个中年男子肯定没戏，不过我还是回到了新干线列车上。那个人早就不在车里，只有清洁人员在打扫。

我站在车门外，发现地上有一张纸。应该是谁想丢掉，结果不小心掉到了垃圾桶外边。虽然之前我只是远远地看到过，不过我知道这是坐在后面的那个中年男子扔的纸。当那个自称记者的年轻人出现时，他应该只写了一半。既然不是写给女明星的信，那又会是什么呢？我很想过去捡起来看看，不过随着车站广播的结束，面前的车门一下关闭了。

我一下子回过神来，可不能在这种事上耗费精力了，我得马上回公司去。

***　二　***

二村小姐已经很适应这里了。

鹤田看着二村佳代的工作作风，心里这样想着。她麻利地往返于车厢的过道，擦盘子、收垃圾。鹤田想起那句话来："总是尽力而为，该看到的人总会看到。"是的，只要认真工作，总会有人看见。

鹤田站在车厢连接处，确认每个人的工作完成情况。忽然，她注意到角落里有一张纸，也许是风吹落的吧。她捡起纸，发现上面写了文字。她还在想是不是别人做的笔记，却忽然意识到那是一封字体非常漂亮的竖着写成的信。

"我不知道该不该写这封信……"开头是如此纠结，鹤田猜想，写信的人是想诚实地表达自己的彷徨不安。

"在盛冈站的月台刚看到你的时候，我还以为只是长得相似的人而已。我们毕竟已经有三十多年没有正式见面了，不管看到谁，我都会恍惚间像是看到了你的身影。不过这次我确认那个人是你，险些就在月台上喊了你的名字。也许你已经不认识我了，我这样做反而会招来麻烦，所以我就没有喊出口，而是用写信的方式来表达我内心的想法，希望可以在下车前把信交给你。

"无论何时，我都不曾忘记你。

"你妈妈应该跟你说了我无法和你们一起生活的理由吧？

"你可能会生我的气，可我曾经偷偷去看过你好多次。文化祭的时候，我去看过你演的戏剧，在我的眼里，你演的那个教练才是主角。美术大学举办的画展，我去看过好多次，看到了你的画。写到这里，我感觉自己像个令人反感的跟踪狂，你不会觉得恐怖吧？其实我也不是一直在跟踪你，只是偶尔暗中观察你的生活。

"每当我对工作感到厌倦、想要放弃一切的时候，就会想到你的存在。我希望自己不会让你感到丢人。这种想法不断督促着我奋发图强，矫正自我，再次回到生活的轨道上。

"今天能够遇见你，纯属偶然。看来是因为我一直以来不给人添麻烦，积极认真地生活，所以上天才给了我这样的奖赏。既然无法和你当面说说话，那我就希望你可以读到这封信。

"你的设计真的很了不起！跟谁是设计师没有关系，我已经买了那款车。不过那款车子太受欢迎了，要等一段时间才能交车。"

信的内容到此为止，鹤田不知道是只写到了这儿，还是忽然不想写了。她无法把这封信当作垃圾处理，仔仔细细地折叠好之后，放入了失物招领的保管袋里。